L'OURS ÉVEILLÉ

LES GARDIENS ALPHA - LIVRE QUARTRE

KAYLA GABRIEL

L'Ours éveillé : Copyright © 2019 par Kayla Gabriel

Tous droits réservés. Aucune partie de ce livre ne peut être reproduite ou transmise sous quelque forme que ce soit ou de quelque manière, électrique, digitale ou mécanique. Cela comprend mais n'est pas limité à la photocopie, l'enregistrement, le scannage ou tout type de stockage de données et de système de recherche sans l'accord écrit et expresse de l'auteure.

Publié par Kayla Gabriel
L'Ours éveillé

Crédit pour les Images/Photo : Depositphotos: chestief & mikeloiselle

Note de l'éditeur :

Ce livre a été écrit pour un public adulte. Ce livre peut contenir des scènes de sexe explicite. Les activités sexuelles inclues dans ce livre sont strictement des fantaisies destinées à des adultes et toute activité ou risque pris par les personnages fictifs dans cette histoire ne sont ni approuvés ni encouragés par l'auteur ou l'éditeur.

BULLETIN FRANÇAISE

REJOIGNEZ MA LISTE DE CONTACTS
POUR ÊTRE DANS LES PREMIERS A
CONNAÎTRE LES NOUVELLES SORTIES,
OBTENIR DES TARIFS PREFERENTIELS ET
DES EXTRAITS

https://kaylagabriel.com/bulletin-francais/

UN EXTRAIT

Aeric était bouleversé au moment d'emmener Alice dans sa chambre. Il s'arrêta au milieu de la pièce et contempla son immense lit impeccablement fait ; la réalité et tous ces détails insignifiants calmaient les fantasmes qui inondaient son cerveau. Mais ces fantasmes prirent malgré tout le dessus…

Parce qu'*elle* se tenait là. Juste là, dans sa chambre, elle le regardait avec de grands yeux. Assise au bord du lit, elle se mordillait la lèvre et rejeta la couverture qui enserrait ses épaules. Il ne s'agissait pas d'un rêve, et c'était à des années lumières de la solitude et du silence qui enveloppaient habituellement la vie d'Aeric.

Alice ramena ses longs cheveux noirs par-dessus son épaule et l'invita à la rejoindre – Aeric ne pouvait qu'obéir. Il se glissa entre ses genoux, se pencha pour l'embrasser avec une fougue fiévreuse et, de sa main imposante posée contre le bas de son dos, il rapprocha le corps d'Alice du sien.

Enfin. Dieux, le goût de sa peau... La sensation de ses lèvres pleines contre les siennes, leurs langues rivalisant d'audace, les sons doux qu'elle poussa quand il écarta de la main son chemisier léger et qu'il lui caressa le sein...

PROLOGUE

« Mère, jamais je ne tuerai un innocent », dit Allisandre, rejetant sa chevelure brune et soyeuse par-dessus son épaule. Elle faisait les cent pas dans un coin d'une salle caverneuse d'Erebus, enfouie profondément sous terre. Le repaire de Furies Grecques, d'infernales déesses que seuls nourrissaient leur soif de vengeance, leur désir de punir et d'exterminer le moindre malfaiteur.

La mère d'Allise, Tisiphone, se tenait devant elle, les mèches généreuses de ses cheveux blancs et argentés jaillissaient du capuchon noir qui la couvrait. Tisiphone agrippa une canne de sa main noueuse et s'y appuya lourdement pour s'approcher de sa fille. Allise lut toute sa détermination sur le visage ridé et tâché de sa mère ; à cet instant, sa mère ressemblait vraiment à une vieille bique, elle n'aurait pas dépareillé à côté de ses sœurs, Alekto et Mégère. Trois sorcières antiques capables de contrôler la vie, la mort et le destin.

« Nous sommes les Érinyes, ma fille. Aucun homme ne nous verra à genoux », répéta Tisiphone pour ce qui était peut-être la millième fois. Bien qu'elle fût à demi mortelle, Allise était l'héritière des Furies Grecques. D'aussi loin qu'elle pouvait se souvenir, sa mère lui avait toujours rabâché la marche à suivre si elle souhaitait acquérir ses pouvoirs.

« J'ai renoncé au monde des mortels, mère », dit Allise, entamant la liste des conditions requises avant que Tisiphone ne le fasse à sa place. « J'ai renoncé aux hommes…

— Renoncer aux hommes ne révélera pas ta puissance et ne fera pas de toi une Érinyes, Allisandre », l'interrompit sa mère. Ce refrain faisait également partie de leur habituelle rengaine et Allise laissa échapper un soupir. « C'est ton âme sœur que tu devras sacrifier, le seul homme capable de te faire poser le genou à terre et d'initier ta mort. Alors, et alors seulement, pourras-tu devenir divine, devenir vraiment immortelle et commencer à vieillir comme une Furie. »

Allise serra les lèvres pour ne pas laisser échapper

la répartie qui lui brûlait la gorge. *Je ne veux pas devenir une vieille sorcière*, pensait-elle, *je suis parfaite comme je suis.*

Mais toute sa perfection ne leur suffisait jamais. Elle était trop jeune, trop faible et trop humaine. Ses tantes Alekto et Mégère lui avaient toujours témoigné beaucoup d'affection, mais Allise savaient qu'elles partageaient l'opinion de sa mère. Si elle ne tuait pas l'homme qui lui était destiné, si elle ne développait pas son pouvoir de Furie, de femme faite ange vengeur, elles ne la considéreraient jamais comme l'une des leurs. Il fallait en arriver là pour qu'elle ait sa place à Erebus, aux côtés de sa mère et de ses tantes.

« Si tu n'as jamais l'occasion de vraiment le connaître, il ne te manquera même pas », fit Tisiphone, tirant Allise de ses pensées.

« Pardon ? » dit la fille en se calant au fond d'un fauteuil bien rembourré pour observer plus attentivement sa mère.

« Ton homme. Tu sais, ton père n'a jamais été mon âme sœur. C'était un bel homme. Un vigneron, il me semble. Je crois me rappeler qu'il apportait son vin au marché. J'étais déguisée en femme séduisante, je lui ai pris ce qu'il me fallait et je t'ai eue, toi. »

Le front plissé de Tisiphone semblait indiquer

qu'Allise n'était peut-être pas exactement tout ce qu'elle avait espéré.

« Je sais, mais... » Allise ne trouvait pas les mots pour lui expliquer.

« Allisandre, tu sais bien comment fonctionnent les Érinyes. Nos fidèles prient, nous implorent de punir leurs injustices, petites ou grandes. Nous choisissons les causes les plus dignes de notre intérêt et nous nous les répartissons entre nous. Pour l'heure, tu n'as châtié que huit violateurs. Tu en as pardonné deux autres, en me laissant rattraper tes erreurs. Je comprends – tu es à demi-humaine –, mais ne laisse pas ta compassion te mener à ta perte.

— Et si la compassion valait mieux que la vengeance ? » objecta Allise, toisant sa mère du regard.

« Comment peux-tu dire cela ? Nous SOMMES la vengeance. »

Allise ouvrit la bouche pour la contredire, mais elle hésita, cherchant les bons mots. Elle ferait peut-être mieux de lui expliquer son histoire plutôt que de s'acharner à l'attaquer de front.

« Ma cible, l'homme qui m'est destiné...

— Allons, allons », fit sa mère en balayant cette vie d'un revers de main. « C'est la même chose pour toutes les Érinyes, toutes obtiennent leurs pouvoirs de cette manière.

— Oui, mais la fidèle qui est venue prier pour que nous nous occupions de lui. C'est une de ses anciennes conquêtes. Quand elle venue énumérer ses griefs, c'était comme un coup de tonnerre, son histoire m'a transpercé l'âme. Elle disait qu'il lui avait brisé le cœur, que c'était un salaud, toutes les choses habituelles. Mais... »

Tisiphone éclata de rire.

« Tu n'as pu t'empêcher d'aller fouiner », comprit sa mère. « Tu voulais en apprendre plus au sujet de cet homme. »

Les joues d'Allise s'enflammèrent.

« J'ai voulu savoir s'il valait aussi peu qu'elle le disait. Comment pourrais-je être l'âme sœur d'un monstre pareil ?

— Et qu'as-tu découvert, ma fille ? » Tisiphone pencha la tête, une vicieuse note de plaisir dans la voix.

« La fille a menti. Elle a voulu le piéger – après avoir couché avec lui, elle lui a fait croire qu'elle attendait son enfant. Pure invention. Il l'a rejetée et elle est venue nous trouver avec ses mensonges. Où est la justice là-dedans, Mère ? »

Tisiphone fit la moue et traversa brusquement la pièce, en oubliant de s'aider de sa canne. Ce rôle de vieille femme n'était vraiment qu'un rôle ; Tisiphone était bien plus forte qu'elle n'aimait l'admettre.

« La justice dans notre monde ne frappe que dans un sens, Allisandre. Nos fidèles nous implorent et nous les vengeons. Il n'y a pas à chercher plus loin, pas d'équilibre à rétablir ou de nécessité de montrer qui a tort et qui a raison. Combien de fois faudra-t-il que je te l'explique ? » Sa mère s'interrompit. « Alors, tu l'as vu, ton homme. Tu as dû le trouver à ton goût, non ? »

Allise rougit encore plus intensément. Elle l'avait suivi, c'était vrai. Elle s'était cachée derrière les arbres et l'avait observé tandis qu'il se baignait dans une source, avait admiré la glorieuse nudité de cet inconnu Viking. Il était grand, bien bâti et avait l'air de ne pas manquer d'intelligence – quelque chose chez cet homme l'attirait.

« Oui », admit-elle.

« N'aie pas honte pour autant, Allisandre. Cette tentation est nécessaire. C'est tout l'objet du rituel, sacrifier ton plus profond désir. Tu es une jeune innocente, séduite par un beau mortel. C'est la première étape de ta conception, de ton ascension à la divinité. »

Allise ouvrit la bouche, mais sa mère l'interrompit d'un geste de la main.

« Ici, il n'est pas question de choix, Allisandre. Tue-le et accepte ton pouvoir ou quitte Erebus à jamais. Si tu ne lui ôtes pas la vie, si tu ne deviens pas une Érinye à part entière, tu ne seras jamais qu'une femme faible et brisée. » Elle marqua une pause. « Suis-moi. »

En un clin d'œil, sans qu'Allise ne puisse y opposer la moindre résistance, sa mère les avait tirées de leur refuge, aux portes des enfers, et transportées jusqu'au royaume des hommes, dans un lieu qu'Allise, honteuse, ne connaissait que trop bien.

La maison de l'homme. C'était une simple chaumière d'une pièce, dont le toit était couvert d'une mousse verte et brillante, que réchauffait une cheminée flambante. Son Viking se tenait devant le feu, le regard perdu dans les flammes comme si elles lui révélaient tous les secrets du monde. Zeus qu'il était beau ! Ses épaules robustes et les traits de son visage ciselé lui coupaient le souffle, bien qu'ils n'aient jamais échangé le moindre mot.

Il suffisait qu'elle le contemple pour que les battements de son cœur s'accélèrent. Allise paniquait – jamais elle n'avait imaginé que leur première rencontre se déroulerait ainsi. Mais il ne semblait pas les remarquer, il continuait à siroter sa tasse d'hydromel et à ruminer devant le feu.

« Je t'ai simplifié la tâche, ma fille. Il ne peut pas nous voir, ni nous entendre. Prends ça », lui dit sa mère en lui tendant une affreuse lame métallique.

« Finis le travail, tout de suite. Il n'en saura jamais rien. Il est mortel, quelques années de plus ou de moins ne changeront rien pour lui.

— Non ! » cria Allise, qui sentit son ventre se nouer. Elle jeta un regard vers sa victime, une boule au fond de la gorge. « Je ne pourrai jamais.

— Tu n'as pas le choix. Si tu ne le fais pas pour devenir une déesse, alors fais-le pour rester en vie. Tu connais la règle. Si tu ne le tues pas, il sera bientôt responsable de ta mort. Les dés sont jetés. Tue-le ! » siffla sa mère en lui tendant le couteau. « Poignarde-le, maudis-le, ou fais comme il te plaît. Chante même, s'il le faut. »

Elle faisait allusion au seul pouvoir d'Allise, une voix à l'intérieur d'elle qui, une fois adressée aux mortels, apportait l'enchantement, la mort ou tout ce qu'elle désirait. Enfant, elle avait rasé une cité entière la première fois qu'elle avait poussé son chant de la mort. Allise serra les dents et essaya de faire son devoir. Elle leva sa main gauche, fit apparaître au creux de sa paume un puissant orbe d'un bleu sombre et essaya de trouver le courage de l'immoler.

Au dernier moment, alors qu'elle s'apprêtait à l'abattre, elle renonça. L'orbe jaillit malgré tout de ses mains, émit un flash aveuglant de lumière dorée, révélant l'intérieur de la chaumière sombre. Quand l'orbe frappa le Viking, son feu le consuma comme un fétu de paille sèche. Il hurlait, sa peau s'enflammait, mais il ne brûlait pas...

Il se métamorphosait.

« Idiote ! » siffla Tisiphone tout en agrippant Allise par le bras. Elles se réfugièrent sur le seuil, incapables de le quitter du regard.

L'homme tomba à genoux, en se tordant de douleurs, et son corps s'étira, changea, doubla, tripla et quadrupla de volume. Il cria quand de brillantes écailles dorées lui percèrent la peau, son visage se déforma – il était devenu froid et reptilien –, ses bras s'allongèrent jusqu'à se transformer en immenses ailes. Allise et Tisiphone reculèrent d'effroi : il ne rentrait plus dans sa chaumière qui allait bientôt s'effondrer.

Allise rouvrit les yeux et découvrit cette nouvelle forme, en lieu et place de son Viking se trouvait un gigantesque dragon d'un or incandescent.

Son sort avait fonctionné, mais son incertitude l'avait modifié. Il s'était transformé, complètement métamorphosé...

Le dragon poussa un rugissement de surprise, des flammes s'échappèrent de sa gueule – sa détresse évidente. Alors que des villageois commençaient à envahir les rues du petit village, la mère d'Allise leva la main et lança un sort, qui souleva le toit effondré et fit disparaître le dragon dans un flamboiement de lumière bleue. Quand la lumière se dissipa, l'homme était étendu par terre, recroquevillé sur le flanc, nu et grelottant.

« Regarde-le bien, ma fille. Voilà à quoi tu abandonnes ta vie. Je te le demande une dernière fois. Tue-le, tue-le maintenant avant qu'il ne retrouve ses forces. » Devant l'expression désespérée d'Allise, sa mère l'agrippa et la secoua brutalement. « Sauve-toi ! Cette malédiction que tu viens de lui asséner, cela n'a rien d'anodin. Les choses comme lui sont chassées jusqu'au dernier recoin de la terre, elles ne peuvent pas vivre parmi les mortels. Et tu ne peux pas risquer de lever la malédiction sans risquer de te perdre toi-même. Chaque souvenir, tout ce que tu aimes, sera effacé de ta mémoire. »

Allise secoua la tête, son esprit tourbillonnait. Elle se libéra de l'emprise de sa mère et recula, ne sachant ni où aller, ni quoi faire.

« Il ne voudra jamais de toi maintenant, Allisandre. Finis le travail et rentre à Erebus. C'est là qu'est ta place », lui dit sa mère, dans un sourire crispé.

« Je ne peux pas. » Les mots d'Allise tombaient comme des pierres, déchirant les liens fragiles qui les unissaient. « Il faudra que tu rentres sans moi. Je trouverai un autre moyen.

— Tu ne peux pas être ma fille », jura sa mère avant de disparaître d'un mouvement de sa cape. Le sort d'invisibilité disparut avec elle – Allise n'avait pas encore ce talent. Des villageois curieux dévisageaient Allise et s'étonnaient des atours de sa robe argentée, de l'éclat subtil de sa peau de déesse. Ils virent la chaumière en ruine et examinèrent à nouveau Alise.

Sorcière.

Elle entendit qu'on murmurait ce mot, sut que ce ne serait pas la dernière fois. Sa présence ici n'allait faire qu'empirer les choses. Si seulement elle avait pu disparaître tout en emmenant une autre personne avec elle, comme le faisait sa mère... mais Allise était encore novice et sa mère lui avait interdit certains apprentissages.

Elle regarda une dernière fois l'homme étendu dans la chaumière en ruine, découvrit qu'il la fixait d'un regard bleu si brillant qu'il en était presque insupportable. Il la scrutait, la perçait réellement au plus profond de son âme. Elle eût besoin de toutes ses dernières forces pour s'en détourner.

En séchant une larme qui coulait sur sa joue, Allise ferma les yeux et disparut. Elle retrouva son refuge, un bosquet près d'une petite ville du Nord de l'Eire. Ici, au moins, personne ne cillerait devant sa magie. Entre les Fées et les Druides qui grouillaient dans les environs, Allise n'attirerait pas l'attention.

Elle allait se trouver un nouveau foyer, une nouvelle vie.

Seule.

CHAPITRE 1

*D*ans son rêve, Aeric se retrouvait à nouveau dans cette grotte. Il savait très bien qu'il n'avait passé que quelques nuits dans cet endroit, il y a très longtemps, un lieu sombre et étroit avec un bassin d'eau qui tirait sa chaleur d'une source jaillie des profondeurs de la terre. Sa logique lui rappelait qu'il y avait des centaines d'années qu'il n'avait pas fréquenté ce lieu, cela remontait à sa dernière visite en Turquie. À l'époque, le pays faisait encore partie de l'Empire Byzantin et ne ressemblait pas au terreau de terrorisme qu'il semblait être devenu ces dernières années, si Aeric devait en croire les journaux.

Malgré tout, il connaissait cet endroit mieux que les traits de son propre visage. Il s'y réfugiait fréquemment dans ses rêves, parce qu'il la rencontrait toujours là. Helle, c'est le nom qu'il lui avait donné, pour lui il était synonyme de « déesse ». La terre n'avait rien vu d'aussi divin depuis les radieuses Freyja et Sága. Il ne connaissait ni son nom, ni ses origines – il ne savait même pas si elle existait ailleurs que dans son esprit.

Tout ce qu'il savait c'est qu'elle lui appartenait.

Aeric traversa la caverne humide, ses pieds nus gagnés par le froid. Quand il arrivait ici, il se retrouvait toujours nu comme au jour de sa naissance. Il s'approcha vite de l'eau fumante et soupira de plaisir en s'y plongeant. Le niveau de l'eau lui arrivait au torse, mais il s'immergea pour profiter de la chaleur et apaiser un peu la tension qui l'envahissait toujours dès le réveil.

Au moment de se redresser et de refaire surface, le visage dégoulinant, il sentit sa présence. Un grondement résonna dans sa gorge quand il la découvrit à l'entrée de la grotte, avec ses airs de péché et de rédemption incarnés sous la même peau pâle. Helle, une main sur la hanche, le regardait avec grand intérêt. Ses cheveux brillants et lisses lui tombaient jusqu'aux genoux, moulant ses formes, et ses yeux noisette s'éclairaient d'une lueur de défi. Son apparente fragilité était trompeuse, derrière cette femme menue d'à peine plus d'un mètre cinquante se cachait une puissante déesse, même si sa silhouette élancée lui donnait pourtant une allure de garçon manqué.

Mais elle arborait une poitrine ferme et rebondie, des hanches aux courbes subtiles, des lèvres aux dessins généreux, de grands yeux d'un vert et brun d'automne… Sa façon de passer le bout de sa langue le long de ses lèvres, tout en s'approchant de lui d'une démarche souple, le raidissait si fort que s'en était douloureux.

Helle n'était rien de moins qu'une femme, dans toute sa gloire.

Ils n'échangèrent pas la moindre parole. Aeric avait compris depuis longtemps que les mots ne servaient à rien dans ces rêves, que lui n'y prononcerait que du vieil islandais et Helle que du grec ancien. Il n'essayait plus, il avait accepté les règles qui limitaient ces rencontres.

Elle le rejoignit dans le bassin, sa longue chevelure serpenta jusqu'au sommet de son crâne pour s'y arranger en chignon. Une des autres règles du lieu voulait apparemment que les cheveux de Helle ne dussent jamais être mouillés. Mais devant une telle offrande, allait-il vraiment s'embarrasser de détails ?

À la seconde où il put la serrer dans ses bras, presser contre lui ses seins, ses hanches, ses lèvres, Aeric s'oublia dans leur étreinte. Sa peau avait un goût de miel et de musc, son parfum féminin emplissait chacune de ses inspirations. Il sentait ses lèvres caresser les siennes, sa langue danser contre la sienne. Il plongea une main dans ses cheveux soyeux, les lui agrippa au niveau de la nuque, et son autre main glissa sur l'épaule jusqu'à la hanche de Helle, avant de remonter contre sa poitrine.

Haletante, elle se mordit la lèvre et rejeta la tête en arrière, la longue ligne de son cou attira l'attention d'Aeric. Il y mordilla et embrassa la peau délicate, elle lui griffait les épaules, les côtes, les hanches. Après quelques instants, une de ses mains délicates enserra sa verge, lui prodiguant les plus intimes caresses, les plus aventureuses aussi.

Aeric empoigna ses fesses rondes, la souleva et poussa un râle quand elle le guida en elle. Leurs deux corps se mêlaient parfaitement dans une étreinte intense et fougueuse, Helle gémissait à chaque fois qu'il envahissait sa chatte étroite. Leurs respirations s'accéléraient à mesure qu'il la baisait, debout en plein milieu du bassin, la chaleur de l'eau ne faisant qu'amplifier l'intensité du moment.

L'espace d'un instant, il aurait souhaité pouvoir l'emmener ailleurs, sur un lit peut-être, presser ses seins tandis qu'elle le chevauchait, la faire s'allonger et goûter son nectar jusqu'à lui faire crier son nom, la sentir jouir sous ses lèvres. L'instant suivant, il avait déjà tout oublié et il se laissa submerger par les sensations qu'elle lui procurait, la chaleur pressante qui ne pouvait plus lui sortir de la tête. Elle se crispa et gémit, s'agrippant à lui de toutes ses forces en jouissant, le comblant au même moment.

Tout son corps frémit sous la force de son orgasme, il la pencha en arrière et l'emplit de foutre, giclant au plus profond de son corps. Elle se balançait doucement contre lui, en l'admirant, comme si elle voulait tout ce qu'il avait et plus encore. Tellement plus.

Avant qu'elle ne puisse s'éclipser, Aeric l'embrassa fougueusement, puis il colla son front contre le sien en reprenant son souffle.

Je t'ai vue. Là-bas, au cimetière, je t'ai vue, lui murmura-t-il contre ses lèvres, mais il ne prononça que des mots de cette vieille langue oubliée.

Elle se contenta de sourire et de l'embrasser une dernière fois. Ses dents pincèrent la lèvre inférieure d'Aeric, le mordant jusqu'au sang. Helle en essuya une goutte sur ses lèvres et lui montra le sang qui colorait son index. Une tache rouge sombre qui disparut dans un éclat de lumière dorée.

Il l'interrogeait, mais elle le fixait d'un regard implorant, le suppliant de comprendre... mais de comprendre quoi ?

Après un instant, elle se dégagea, les privant de tout contact. Et Aeric avait déjà envie de plus, le sexe bandé et douloureux, mais elle ne lui adressa qu'un regard impénétrable et lui souffla un baiser. Elle sortit de l'eau, d'une démarche gracieuse qui le rendait toujours fou. Et, bientôt dissimulée dans l'ombre, elle disparut.

Aeric ferma les yeux et s'immergea sous l'eau, laissant son rêve l'envahir.

Quand Aeric rouvrit les yeux, il se trouvait confortablement installé dans un lit. Il resta un moment désorienté. C'était toujours comme ça quand il rêvait d'elle ; elle accaparait tout son monde, chassait toutes ses autres pensées. Où pouvait-il bien être ?

Il se leva pour aller regarder par la fenêtre et soupira. Prague. Évidemment. Selon certaines rumeurs, le Père Mal y entretenait un de ses refuges, un abri qui dissimulait certains de ses biens les plus précieux. Malheureusement, le sorcier bavard et saoul qui lui avait refilé l'information s'était trompé sur toute la ligne. Certes, il y avait bien un refuge.

Mais quand Aeric en avait forcé l'entrée, à grand renfort de magie et de demandes de faveurs, il n'y avait trouvé qu'une pièce remplie d'or et de trésors. Le dragon en lui était resté fasciné devant cette chambre étincelante, qui lui avait donné envie de s'enfouir sous toutes ces richesses, mais Aeric était contrarié – tout comme l'avait été ce sorcier d'Édimbourg, réveillé au beau milieu de la nuit par un dragon furieux qui saccageait son appartement.

Le dragon dominait des jours entiers désormais, ne cédant que des bribes à Aeric dans leur chasse effrénée. Il fallait trouver cette femme, et vite, avant que le dragon ne prenne définitivement le dessus.

La bête aurait sans doute pu s'occuper de tout, parcourir le monde à la recherche de son âme sœur...

Mais une fois trouvée ? Si par chance le dragon y parvenait, Aeric ne voulait pas savoir ce qui se passerait. Il ne lui ferait aucun mal, bien sûr, mais un contact avec le dragon entacherait l'honneur de n'importe quelle femme. Elle y signerait son arrêt de mort, comme il avait signé le sien le jour de sa métamorphose.

Chassés pour leur magie – et pour les océans de richesses qu'ils gardaient jalousement –, les dragons étaient traqués de manière effroyable. La première victime qu'il avait rencontrée se trouvait en Perse. L'abruti s'était déjà fait prendre et se faisait charcuter – son sang, ses écailles, ses dents, tout était conservé pour la vente. Ils avaient réservé la tête pour la fin, peut-être pour l'offrir comme un trophée au Raj. Aeric avait scruté le regard de cet autre dragon, en se demandant s'il était vraiment mort ou s'il s'agissait d'une vivisection.

Il paraissait si… vivant.

Frissonnant, Aeric ramassa son pantalon et s'habilla. Cela ne pouvait plus durer, il ne pouvait plus laisser le dragon aller et venir comme il le souhaitait. Le fait que personne ne l'ait encore remarqué et abattu était étonnant. Sans doute était-ce pour cela qu'il se réveillait dans une ville différente tous les jours, le dragon avait au moins cette intelligence.

À vrai dire… le dragon était probablement bien plus malin qu'Aeric, il devait bien l'avouer. Ils ne faisaient qu'un, mais le dragon gardait un caractère impitoyable et calculateur, une persévérance à toute épreuve qui ne s'embarrassait ni de sa sécurité, ni de celle des autres.

Même s'il chérissait leurs rêves communs, il lui fallait trouver cette femme. Abandonner cette quête au dragon n'était plus possible.

Il allait avoir besoin de certaines facultés que seuls possédaient les vrais Oracles et il se trouvait justement qu'il en connaissait une. Gabriel, un autre des Gardiens, en avait choisi une comme compagne. Aeric ne se faisait aucune illusion, il savait que les Gardiens ne seraient pas particulièrement heureux de le voir après cette longue absence qui bafouait le contrat le liant à Mère Marie, mais il n'avait aucune autre solution.

Il serait allé ramper aux pieds de la reine Vaudou, si elle avait pu l'aider à la retrouver. Il ferait tout juste pour...

Pour quoi ? S'assurer qu'elle était en sécurité ? La préserver dans son repaire secret ? La retenir comme un oiseau rare et magnifique ?

Il ne servait à rien de penser à toutes ces choses. Il devait d'abord la trouver et tout prendrait son sens. Aeric vivait maintenant depuis des milliers d'années et il avait appris à laisser le destin se charger de lui.

Toute résistance était futile, comme disait l'adage.

Il sortit en trombe et monta sur le toit, prêt à se dissimuler et à s'envoler. Il espérait que le dragon suivrait ses plans, qu'ils les mèneraient tous deux à La Nouvelle-Orléans.

Pour la première fois depuis des siècles, Aeric Drekkon allait demander de l'aide.

Tandis qu'il amorçait sa descente en survolant la Louisiane, Aeric fut surpris de sentir son ours s'éveiller. Le dragon avait accordé une place inhabituellement importante aux pensées d'Aeric au cours de ce vol. Il approchait de La Nouvelle-Orléans, affamé et épuisé, et laissa l'ours d'Aeric faire brièvement surface. Contrairement au dragon, qui faisait partie intégrante d'Aeric, l'ours était une forme travaillée, le résultat d'une année d'introspection auprès d'un mage africain spécialisé dans les métamorphoses.

Sachant très bien que son dragon diffusait une ostensible aura de puissance et de magie, Aeric avait passé un long moment à chercher une bonne couverture qui tiendrait à distance les curieux. Tous les polymorphes sentaient le pouvoir des autres, c'était la nature même de la communauté surnaturelle. Qu'il soit capable de se changer en ours suffisait à convaincre la plupart qu'il n'était qu'un puissant polymorphe ours et il s'était tiré ainsi de pas mal d'épisodes épineux.

Dernièrement, Aeric n'avait pas pu laisser son ours se dégourdir les pattes, encore moins chasser. L'ours s'éveillait de temps en temps, curieux de découvrir cette âme sœur, heureux de s'ébattre dans les rivières et d'y attraper des poissons, de faire toutes ces choses idiotes qu'aiment les ours.

Aeric tenta de l'apaiser, en lui rappelant qu'il

retrouverait bientôt les siens. Les Gardiens étaient presque tous des ours, ils ne manqueraient pas une occasion d'explorer la campagne cajun et de laisser leurs ours y folâtrer. Aeric tenait vraiment beaucoup à son ours, ce morceau de magie obtenu à la sueur de son front s'était façonné au cœur de sa personnalité. Grâce à lui, il n'avait jamais été démasqué ni pourchassé et l'ours ne lui demandait pas grand-chose en échange. À côté du dragon, il paraissait presque doux.

Ceci dit, l'ours avait déjà récolté son lot d'ennuis. En découvrant les lumières de La Nouvelle-Orléans, Aeric se rappela son recrutement par les Gardiens Alpha. Il avait tenté de sauver une villageoise, qu'on allait violer et peut-être tuer, et elle s'en était prise à lui en voyant son ours. Les villageois étaient arrivés avec leurs fourches et leurs torches, toute la panoplie.

Puis Mère Marie avait débarqué, proposé de lui sauver la vie et Aeric pouvait difficilement lui dire non. Le saut à travers le temps jusqu'à cette époque moderne lui avait fait un choc, mais ne l'avait pas dérangé plus que cela. Le dragon était lui-même capable de voyager dans le temps, mais cela lui demandait une énorme débauche d'énergie ; Aeric n'y recourait qu'en cas d'urgence. À l'époque où Mère Marie l'avait recruté, Aeric pensait que voyager dans le futur ne pouvait signifier qu'une chose, plus d'humains et par conséquent plus de chances d'être découvert. Il avait préféré rester dans son époque d'origine.

Ces plans avaient changé, et vite.

Renforçant son sort de dissimulation pour se rendre totalement invisible, Aeric filait au-dessus de la ville. Le Superdome l'éblouit, des lumières dorées et vertes jaillissaient vers le ciel. Toutes les nouvelles technologies n'étaient pas à jeter, il le savait. Après tout, il était devenu un fan avide de l'équipe des Saints et suivait tous leurs matchs sur la télévision du Manoir, avec un plaisir idiot qu'il n'avait pas ressenti depuis son enfance.

Il survola le cimetière numéro un de Saint Louis, en essayant de ne pas frémir. Son dernier souvenir dans cet endroit n'avait rien d'aussi agréable, il y avait vu son âme sœur évanouie sur le sol froid, inconsciente et à la merci des caprices de Père Mal. Il l'avait tout de suite reconnue, bien sûr, et puis il y avait eu son parfum...

Cette odeur de sauge et de miel était reconnaissable entre mille. Elle embaumait ses rêves et, de temps en temps, il s'imaginait même la sentir quand il était éveillé. Ce n'était sans doute qu'une rêvasserie, mais cela le rendait tout de même malade de tourner en rond, de la chercher, et de pouvoir sentir son odeur.

Il atterrit dans la cour du Manoir dans un grondement de tonnerre qui attira tous les Gardiens en moins de deux.

« Quel animal peut bien déclencher l'alarme à cette heure », interrogea Mère Marie, vêtue de son habituelle robe lavande et affublée de son effroyable chat, Cairm.

« La pire des bêtes, j'imagine », marmonna Cairn qu'Aeric fusilla du regard.

« Où diable étais-tu donc passé ? » lui demanda Gabriel qui enlaçait sa dulcinée, la jolie Cassie qui était de toute évidence enceinte et qui couvrait son ventre d'une main protectrice.

« Sois gentil, Gabi », ordonna-t-elle.

« Allez, dans mes bras », lança Aeric à Rhys. « Et qu'est-ce que Asher fait encore là ?

— Il te remplace, en fait », dit Rhys. L'imposant écossais croisait les bras, marquant son impatience. « Et voilà sa compagne, Kira, au cas où tu ne te poserais pas la question. C'est rare que tu demandes la permission dans mes souvenirs. »

Mère Marie leva la main afin d'attirer l'attention des Gardiens, mais Écho, la compagne de Rhys ne sembla pas s'en préoccuper.

« Heureuse de te revoir », dit Écho avec un petit

sourire satisfait. « Rhys a bien besoin de repos. Nous n'avons pas eu de soirée à nous depuis des lustres. »

Asher et sa compagne étouffèrent tous les deux un rire et Mère Marie gloussa.

« Alors ? Est-ce que tu vas t'expliquer ? » demanda Mère Marie.

« Je suis à la recherche de la fille du cimetière », dit-il de manière délibérément désinvolte.

« Ton âme sœur, tu veux dire ? » demanda Cassie, qui pressa ses doigts contre ses lèvres. La surprise qui se lisait sur le visage d'Aeric lui fit plisser le front. « Désolée, je ne voulais pas dévoiler ton secret. J'ai juste des visions à ne plus savoir qu'en faire ces temps-ci. »

Elle caressa son ventre et s'excusa d'un haussement d'épaules.

« Tu l'as vue ? » lui demanda Aeric en abandonnant toute désinvolture.

« Alice », fit Écho. « Elle s'appelle Alice. Cassie la connaît. »

Quelque chose serra le cœur d'Aeric. *Alice.* La perfection.

« Je… Je ne prends pas de compagne, je veux juste m'assurer qu'elle est en sécurité » dit Aeric, la voix saccadée. « Je ne trouverai pas le repos tant qu'elle ne sera pas libérée du Père Mal et je n'ai plus aucune autre alternative.

— Tu devrais venir à l'intérieur », lui dit Kira, en retroussant les narines. « En parlant de trouver le repos, tu as l'air exténué. Rentrons, et nous arrangerons tout ça, d'accord ? »

Mère Marie s'impatienta et fit volte-face pour rentrer. Les autres rentrèrent en file indienne, laissant Gabriel et Aeric en dernière position. Gabriel tapa l'épaule d'Aeric.

« Je savais que tu reviendrais », fit le Britannique en souriant. « Je n'en ai jamais douté. »

Aeric haussa un sourcil et le suivit à l'intérieur, amusé. De son côté, il n'était plus certain de rien dans ce monde.

Si un homme comme lui pouvait vraiment avoir des amis, il fallait croire que les siens étaient sacrément loyaux.

CHAPITRE 2

« Aeric, réveille-toi. »

Aeric ouvrit les yeux d'un coup. Asher se trouvait à quelques pas, s'appuyant sur un pied puis sur l'autre, rempli d'une agitation nerveuse.

« Il est quelle heure ? » demanda Aeric. Vous vous imaginiez sans doute que la puissance et la magie du dragon lui permettaient de parcourir le monde sans jamais souffrir du décalage horaire, mais vous vous trompiez. À cet instant, Aeric ne souhaitait qu'une chose, dormir encore deux ou trois jours, rattraper les méfaits accumulés par des mois entiers de nuits agitées.

« Tu n'es là que depuis six heures, mais Mère Marie a réussi à localiser Alice et... » Asher continua, mais

Aeric perdit le fil de la conversation, empressé qu'il était de se lever et d'enfiler une chemise.

Alice. Il en savait assez.

« Où est-elle ? » demanda Aeric tout en laçant ses chaussures, interrompant les histoires d'Asher.

« Père Mal possède un abri dans un restaurant à l'est de La Nouvelle-Orléans », répondit Asher, faisant fi des mauvaises manières d'Aeric. « Nous ne sommes pas sûrs de ce que nous allons y trouver, honnêtement. Nous imaginons tous les scénarios possibles.

— Quand partons-nous ? » lui demanda Aeric, en suivant Asher dans le couloir et dans les escaliers.

« Rhys et Gabriel se préparent dans le gymnase. Dès que nous serons tous armés et prêts, nous partirons. Mère Marie nous accompagne afin de nous débarrasser des sorts qui protègent l'abri et Duverjay la protégera pendant que nous pénétrerons à l'intérieur. »

Aeric acquiesça, en se hâtant de traverser le premier étage du Manoir puis la cour plongée dans un crépuscule croissant. Aeric resta un moment bouche bée devant l'accoutrement de Mère Marie qui avait revêtu une version miniature de la tenue de combat noire que préféraient les Gardiens : veste en Kevlar, pantalon plein de poches et bottes épaisses. Elle avait même un revolver brillant fixé à la taille, mais elle avait renoncé aux épées et katanas que Rhys et les autres Gardiens appréciaient généralement.

En lisant la surprise sur son visage, Mère Marie afficha un sourire satisfait et croisa les bras.

« Quoi ? Les dames aussi peuvent participer aux missions. »

Aeric leva la main, il ne voulait pas débattre avec Mère Marie. La sorcière avait la langue plus affûtée que n'importe quelle épée et il n'avait aucune envie de se passer d'une alliée aussi puissante. Il lui faisait suffisamment confiance pour la laisser participer à cette mission et c'est tout ce qui importait pour le moment.

« Dépêche-toi », râla Rhys, qui avait également l'air de manquer de sommeil.

Aeric et Asher s'habillèrent en un temps record et toute la bande fut très vite armée jusqu'aux dents. Ils grimpèrent tous à bord d'un van bleu et rouillé sur le côté duquel on lisait *Pressing de Tran*. Duverjay était au volant. Le trajet jusqu'à l'est de La Nouvelle-Orléans fut tendu, mais heureusement bref, et bientôt Duverjay se rangea devant un bâtiment en briques en piteux état où pendait une enseigne FRUIT DE MERS CAJUN.

Mère Marie marqua sa désapprobation devant

l'état de l'immeuble et sortit une baguette magique de sa poche. Les yeux fermés, psalmodiant quelques mots latins, elle commença à retirer les sorts qui protégeaient l'endroit.

« Nous allons rester là », leur dit Duverjay, retirant un morceau de peluche de son smoking. Malgré les dangers de cette mission, le domestique n'avait pas quitté son smoking à queue de pie.

« Ça marche », fit Rhys. « Une petite entrée par effraction, ça tente quelqu'un ? »

Gabriel ouvrit la porte-glissière du van et ils en sortirent tous, foulant le bitume et trottant jusqu'à la porte d'entrée. Dos au mur, ils suivirent l'exemple de Rhys qui écoutait attentivement.

« Il n'y a rien ici », murmura-t-il au reste du groupe. « Pas de gardes, rien. Ils doivent changer d'abri régulièrement. Ils n'ont pas tort, vu qu'on leur en a ravagé quelques-uns ces derniers temps. »

Au signal de Rhys, Aeric se tourna face à la porte métallique branlante. La porte tenait à peine par un dernier gond et il suffit d'un coup de pied pour la défoncer. Aeric s'y infiltra le premier, conscient d'être le seul Gardien à n'avoir rien à perdre, les autres étaient tous en couple.

Aucun danger ne les attendait pourtant à l'intérieur. Autrefois, l'endroit avait servi de supérette et de restaurant à emporter, mais tous les linéaires étaient vides, la pièce avait été ostensiblement nettoyée. Au fond, derrière un comptoir en formica humide où les clients devaient venir retirer leur commande, se trouvait une boule de lumière grise pleine de parasites qui menait à l'intérieur d'un abri. Couvrant moins d'un mètre carré, elle attira Aeric comme un aimant.

Alice.

Il n'avait que son nom aux lèvres au moment de la rejoindre, incapable d'attendre que les autres Gardiens arrivent avant de passer le portail. Il eut une brève sensation de chute libre et pénétra dans un monde d'une blancheur aveuglante, fait de glace, de neige et de lumière. Surpris, trois gardes s'élancèrent vers les Gardiens et deux d'entre eux rencontrèrent la pointe de l'épée d'Aeric avant qu'il n'ait pris une douzaine d'inspirations. Gabriel faucha le troisième, l'obligeant à s'allonger sur le ventre dans la neige plutôt que de le tuer.

Aeric s'en fichait. Quelques pas plus loin, il y avait un grand bouleau blanc et en dessous se trouvait un piédestal en pierre surmonté d'un orbe à la lueur faible. En s'approchant, Aeric comprit qu'il s'agissait d'un cercueil, qui ne se composait pas de verre, mais d'une fine épaisseur de glace. Étendue à l'intérieur comme un papillon solitaire collecté il y a une éternité,

Alice restait impassible. Son corps minuscule était emmailloté dans une nuisette vaporeuse, les mains croisées sur le ventre, les yeux clos dans une expression paisible.

« Non ! » s'étrangla Aeric tandis qu'il courait vers elle. Quand il se trouva assez pour près pour la distinguer, il se pencha. Très légèrement, si bien qu'ils en étaient presque invisibles, de faibles expirations s'échappaient de ses narines. Chaque souffle, d'une lenteur agonisante, formait une centaine de petits flocons de neige dans l'air. En un instant, ils se désintégraient et disparaissaient, laissant place aux prochains.

« Aeric… » Gabriel essaya de le retenir, mais Aeric avait déjà abattu son poing contre la paroi du cercueil.

La glace était d'une solidité surprenante, une fine toile de craquelures s'étendait tout de même à l'emplacement de l'impact. Devant ses yeux, un millier de fissures identiques apparurent sur la peau d'Alice, des lignes argentées qui traversèrent Aeric d'un frisson.

« Stop ! » lui lança finalement Gabriel, tirant Aeric en arrière. « C'est un sort. Tu ne peux pas le briser physiquement. »

Rhys et Asher gardaient les alentours, surveillant le paysage enneigé qui les entourait.

« Comment je la libère ? » demanda Aeric, envahi

d'une peur panique. La voir si près de lui, à quelques centimètres, le tuait à petit feu.

« Il y a une inscription », dit Gabriel. Il tendit la main et toucha le couvercle, illuminant une série de mots gravés sur la glace. « Merde, je n'ai jamais été très doué en vieil Abyssinien... »

Gabriel suivait les inscriptions du bout des doigts, en plissant les yeux.

« Ah... c'est un sort d'énergie. Tu sais de quelle sorte de magie elle est capable ? » l'interrogea Gabriel en levant les yeux.

« Non », admit Aeric. « Je peux sentir son aura, sombre et puissante... mais rien de plus.

— Quelle que soit son identité, Père Mal s'en nourrit. C'est le but de ce sort qui la tient prisonnière et absorbe sa magie. Je sens son agitation », dit Gabriel, tendant ses mains quelques centimètres au-dessus du cercueil, les lèvres serrées. « Elle tente de s'échapper, je crois. Peut-être qu'elle sent ta présence ?

— Les rêves... » marmonna Aeric. « Pardon ?

— Elle me rend visite dans mes rêves, mais elle ne peut pas parler, elle ne peut qu'accomplir les mêmes gestes encore et encore.

— Dans tes rêves, est-ce qu'elle te dit quoi que ce soit ? Peut-être un geste... » demanda Gabriel, mais

Aeric l'avait déjà devancé. « Le sang », dit Aeric en pensant aux rêves. « Elle fait ouler mon sang. »

Libérant son épée de son fourreau, Aeric utilisa la base de sa lame pour s'entailler légèrement la paume. Un rouge vif s'échappa de la plaie et tacha le vernis glacé du cercueil. Le sang s'infiltra et se propagea en un clin d'œil, faisant fondre la glace, mais laissant la victime intacte.

Dès que la glace eût suffisamment fondu pour qu'il puisse la libérer, Aeric serra Alice dans ses bras. Elle ouvrit les paupières, révélant des yeux d'une couleur noisette époustouflante, la couleur d'une mousse brune ou d'une terre fraîchement tournée. Quand ses longs cils se relevèrent et que leurs regards se rencontrèrent, quelque chose se noua au creux du ventre d'Aeric.

Mon âme.

Pour la première fois de sa vie, l'ours, l'homme et le dragon étaient en parfaite harmonie.

Elle entrouvrit les lèvres en reprenant difficilement sa respiration, surprise et ravissante. Ses joues prirent une teinte rose quand elle passa ses bras autour du cou d'Aeric, explorant son visage du regard.

« Alice », prononça-t-il.

« Tu m'as trouvée », dit-elle.

Puis elle approcha sa bouche de la sienne, ses

lèvres cherchant un point d'attache. Aeric ne pouvait plus se contenir. Il l'embrassa fougueusement, gémissant en découvrant sa saveur. Comme du nectar de miel, un millier de fois plus délicieux que tout ce qu'il avait pu imaginer. Ses lèvres passaient contre les siennes, ses doigts serraient sa nuque et elle s'agrippait à lui.

Fait l'un pour l'autre.

Quand il entendit les grondements de son ours et de son dragon, Aeric décida finalement de relâcher son étreinte et il s'écarta de quelques centimètres, plongeant son regard dans ces grands yeux sombres. Il sentit le poids de l'attention des autres et ne souhaita qu'une chose, se retrouver seul avec elle, mais il devait d'abord la mettre en sécurité.

« Bientôt », promit-il et, à sa grande surprise, elle acquiesça.

Comme si elle le comprenait parfaitement. Comme si deux parfaits étrangers pouvaient être au diapason.

Peu importe ce qu'Alice représentait pour lui, Aeric comprit une chose : il s'était passé de sa présence depuis beaucoup trop longtemps, et il n'allait plus prendre le moindre risque avec elle désormais.

« Rentrons », lança-t-il à Gabriel.

Rhys et Asher les suivirent jusqu'à la sortie, prêts à défendre Alice coûte que coûte. Leur défense se composait de loyauté pure et d'honneur, comme celle d'Aeric quand il avait protégé leurs compagnes.

Aeric appréciait désormais ce service à sa juste valeur. Pour la première fois de sa vie, il avait quelqu'un à protéger.

CHAPITRE 3

Son gardien était finalement arrivé.

Bien qu'immortelle, ayant assisté à des milliers de levers et de couchers du soleil, Alice passait une journée extraordinaire. Pendant des mois, elle n'avait eu que ces rêves... Ses rêves de lui, de sa mère Tisiphone, de son foyer d'autrefois à Erebus. Elle dormait dans ce cercueil depuis trop longtemps, sa conscience s'était dissipée jusqu'à ce qu'il ne reste plus que ses rêves et les battements de son cœur, légers, mais réguliers.

Puis, l'air avait envahi ses poumons à nouveau, la chaleur empli ses veines. Deux bras forts l'avaient soulevée. Elle avait ouvert les yeux...

... et c'était lui

De beaux cheveux blonds, assez longs pour qu'il les

noue en queue de cheval. Des yeux bleus perçants, éclatants comme un matin d'hiver. Des pommettes saillantes, une bouche charnue, véritable invitation au péché, deux sourcils comme des entailles qui rendaient son regard encore plus intense. Une sorte de rougeoiement doré irradiait sa peau, un éclat que lui envieraient tous les hommes modernes, bien qu'Alice sût d'où il le tenait. C'était son aura, son dragon, son pouvoir qui lui donnait ce teint.

Elle put enfin presser ses lèvres contre les siennes, assouvissant toute une vie de fantasmes. C'était de loin le moment le plus parfait de toute sa vie. L'embrasser. Entendre son nom sortir de sa bouche. Le laisser la serrer dans ses bras en la guidant jusque chez lui, dans une immense maison, le Manoir.

Alice connaissait déjà presque tout de ce Manoir, puisqu'elle suivait Aeric à la trace depuis des siècles, littéralement. Elle l'avait perdu en lui lançant ce sort qui l'avait changé en dragon, mais l'avait retrouvé quand cette sorcière vaudou, Mère Marie, l'avait tiré du passé jusqu'à La Nouvelle-Orléans d'aujourd'hui. Un exploit de ce genre demandait énormément de puissance et il était impossible de le dissimuler. Heureusement pour Alice, qui guettait justement ce genre d'événements.

Et maintenant, il était là, en chair et en os.

Étant donné son âge avancé, Alice avait eu maintes occasions d'expérimenter toutes sortes de drogues, en quête d'un peu de chaleur au milieu de nuits froides. Le peuple de sa mère, les Grecs, raffolait de drogues et de boisson, sirotant fréquemment de l'hydromel mêlé de pavot. L'euphorie était douce, mais brève – Alice comprenait tout de même qu'on puisse y devenir accroc...

Mais rien de tout cela n'était comparable aux sensations qu'elle éprouvait en touchant son dragon. Elle glissa ses doigts entre les siens, lui adressant un regard franc, emmagasinant de grandes bouffées de son odeur. Il sentait la chaleur et les épices, l'ambre et la myrrhe, et un millier d'autres senteurs exotiques et indescriptibles qui excitaient Alice jusqu'à la moelle. À l'endroit où leurs peaux se touchaient, elle pensait même sentir un courant électrique qui les traversait tous les deux, le début d'un lien nouveau et ténu, mais effroyablement fort.

Personne ne prononça un mot pendant le voyage de retour. Alice devinait qu'Aeric avait beaucoup de choses à lui dire, mais il lui désignait les autres du regard pour lui indiquer que ce n'était pas encore possible. Tant qu'ils se touchaient, ils n'avaient de toute façon nul besoin de mots pour se comprendre ;

elle voyait bien qu'il était tout aussi nerveux et excité qu'elle, mais il parvenait à garder son calme.

Le sourire béat d'Alice se figea quand elle se rappela pourquoi il se sentait si calme. Il venait simplement de trouver son âme sœur, un événement heureux. Alice, de son côté, en savait plus : leur rencontre sonnait le début de ses derniers jours. Pour les Furies, l'arrivée de leur unique amour lançait l'acte final de leurs longues vies.

Elle avait repoussé l'inévitable une première fois, en le changeant en dragon au lieu de le tuer, refusant ainsi de se présenter à lui, peu importait que son cœur en pâtisse. Cette fois, malheureusement, Alice allait devoir affronter son destin, qui lui collait déjà aux basques.

Elle observa Aeric tandis que leur véhicule bifurquait dans une magnifique rue bordée de vieux chênes majestueux, tous couverts de mousse espagnole. Dans ce quartier, les maisons étaient imposantes, trahissant d'anciennes fortunes qui remontaient à la fondation de la ville. Alice se dit que La Nouvelle-Orléans formait un décor parfait pour Aeric, suffisamment dramatique derrière ce géant dangereux enrobé de sensualité brute.

Quand ils se rangèrent devant la maison de briques qui abritait le foyer des Gardiens, ils sortirent tous du véhicule sombre. Alice pressa la main d'Aeric, le retenant un peu à l'écart tandis que les autres Gardiens gravissaient déjà les marches du perron.

« Tu n'as rien à craindre ici », lui dit Aeric, sa voix rauque la faisant frissonner. « C'est là que je vis, avec tous ceux qui t'ont secourue. Je t'en dirai bientôt plus à propos des Gardiens. »

Il lui serra la main, et le cœur d'Alice se mit à battre la chamade et sa langue se noua dans sa bouche.

« Quand pourrons-nous parler en privé ? » lui demanda-t-elle, les joues rouges. Elle avait à peine senti ses lèvres, dans la prison de Père Mal, et il lui en fallait vite plus. « J'ai des informations au sujet de Père Mal. »

Aeric haussa un sourcil.

« Comment sais-tu que les Gardiens s'intéressent à Père Mal ? » demanda-t-il, curieux.

— Au début, c'est Cassie qui me tenait informée, avant qu'elle soit libérée. Ensuite, Père Mal m'a jeté ce sort », elle marqua une pause, frissonnante. « Je rêvais de toi. Je te suivais partout dans le monde, je voyais ton dragon voler. »

Le visage d'Aeric resta longtemps impassible. Elle lui pressa à nouveau la main, en hochant la tête.

« Il faut qu'on parle de tout ça avec tous les Gardiens, qu'on fasse un briefing et que tu nous donnes le plus d'informations possible. Je préférerais que tu ne dises rien aux autres à propos... », il marqua une pause, une étincelle dans le regard. « ... de nos rêves. »

Alice sentit un sourire lui monter aux lèvres. Si secret, son dragon.

« Bien sûr », dit-elle en baissant la tête.

« Viens, je vais te présenter à tout le monde. Et je vais te trouver des vêtements plus épais », dit-il en reluquant la nuisette blanche qu'elle portait.

Alice rougit encore une fois, mais plus de plaisir que de honte. Elle connaissait son corps depuis trop longtemps pour avoir envie de le cacher, mais elle aimait le côté possessif et protecteur d'Aeric. L'idée qu'un homme désire encore ce qu'il possédait déjà était sexy.

Le Manoir en lui-même était magnifique, une vraie œuvre d'art dotée d'une décoration intérieure impeccable. Le vestibule s'aérait d'une hauteur sous plafond de plusieurs étages, qu'éclairait un chandelier de cristal époustouflant. Alice suivit Aeric de l'entrée jusqu'à l'imposante pièce commune qui se divisait en une cuisine, un séjour et un coin propice aux réunions qui ressemblait à un bureau, avec une grande table en chêne.

Un visage familier y attendait Alice.

« Cassie! » cria-t-elle en découvrant la chevelure rousse inimitable de son amie.

« Oh, Alice! » répondit Cassie en se jetant dans les bras d'Alice. Celle-ci l'enlaça avant que la surprise ne la fasse reculer d'un pas – elle avait senti le ventre arrondi de Cassie.

« Tu es... ? »

Cassie rougit et acquiesça en riant.

« Oui. C'est une petite fille, une Oracle tout comme moi. » Le sourire de Cassie était irrésistible.

« C'est merveilleux ! Je suis si heureuse de te trouver saine et sauve. Je ne te trouvais plus dans le miroir de divination », confessa Alice.

« Moi, je te devinais ici et là, mais jamais assez pour te trouver, je suis désolée », lui dit Cassie, qui se mit soudain à pleurer. « Oh, et j'ai les émotions à fleur de peau ces derniers temps, comme tu vois.

— N'y pense plus », lui ordonna Alice. « Tout s'est déroulé exactement comme prévu. Je suis là, non ? »

Cassie rit en séchant ses larmes et acquiesça. Elle jeta un œil du côté d'Aeric et de Rhys, qui échangeaient à voix basse. Cassie haussa un sourcil, visiblement curieuse.

Je ne le connais pas mieux que toi », soupira Alice, « Enfin... Eh, bien... Je connais son existence depuis des siècles, mais je ne le connais pas vraiment. »

Elle rougit un peu en se remémorant comment elle le connaissait, à travers une longue série de rêves sensuels et crus qui se déroulaient dans un lieu inconnu avec un homme qu'elle n'avait jamais touché avant aujourd'hui...

« Tu es sous le charme ! » murmura Cassie, faussement scandalisée.

« Je... Eh, bien... » Alice ne savait pas trop quoi répondre.

« Tiens », interrompit Aeric qui lui apportait une couverture en laine et qui la lui passa autour des épaules. « La réunion va commencer, je crois.

— Nous continuerons plus tard », dit Cassie en adressant un regard complice à Alice avant de s'approcher d'un grand homme brun qui l'embrassa juste au sommet du crâne.

« Gabriel », dit l'homme qui vint serrer la main d'Alice. Tous ses poils se hérissèrent à ce contact. Cet homme était un mage particulièrement puissant, c'était une évidence.

« Ravie de vous rencontrer », dit Alice qui souriait de le voir aider Cassie à s'asseoir de l'autre côté de la table, de la galanterie et de la sollicitude à l'état pur, Alice approuvait de tout cœur ; Cassie méritait ce genre de prévenance après cette longue et solitaire période d'emprisonnement chez Père Mal.

Elle ne la comprenait que trop bien. À sa grande surprise, Aeric imita le geste de Gabriel, tirant la chaise d'Alice et s'assurant qu'elle était confortablement installée. Elle battait des paupières dans sa direction tandis qu'il lui présentait tour à tour tous les autres Gardiens et leurs compagnes.

« Je te présente Rhys et Écho. Tu connais déjà Cassie et Gabriel. Asher et Kira complètent notre équipe de Gardiens. Et la meilleure pour la fin », dit Aeric en désignant la prêtresse vaudou stoïque qui présidait à la table. « Mère Marie.

— Nous nous sommes déjà rencontrées », répondit Mère Marie d'un ton acide, en retroussant les lèvres, « un moment bref, mais mémorable. »

Ainsi, Mère Marie se rappelait leur dernière rencontre, à l'époque de la vente de la Louisiane.

« En effet », acquiesça Alice, inclinant la tête sans en dire plus quand elle croisa le regard interrogateur d'Aeric.

« Eh bien, maintenant que nous avons tous fait connaissance », ajouta Rhys pour rompre le silence. « J'imagine qu'Alice a quelques informations plus récentes que les nôtres à propos du Père Mal. Je ne sais pas pour vous, mais de mon côté j'aimerais coincer cette ordure et je crois que c'est le coup de pouce qu'il nous fallait. »

Tous les regards se tournèrent vers Alice qui se mordillait la langue.

« Eh bien, cela faisait un moment qu'il me tenait éloignée, mais je peux déjà vous dire que ses objectifs ont changé ces derniers jours. Il ne s'intéresse plus aux Trois Lumières, depuis que les Gardiens ont... euh, mis la main dessus, ou du moins c'est comme ça qu'il le décrit. »

Alice comprenait les soupirs agacés d'Écho, de Cassie et de Kira qui levaient toutes les yeux au ciel.

« Alors qu'est-ce qu'il fait maintenant ? » demanda Gabriel les bras croisés sur la table, il fixait intensément Alice.

« Il s'est trouvé une sorcière exotique, une divinatrice venue d'Yoruba. Elle trie pour lui les piles de prophéties que Cassie lui a données, elle lui indique celles qui lui seront utiles dans un avenir proche. Ils ont pu les réduire à une courte liste de noms, si l'on peut dire, mais ils ne savent pas encore ce qu'ils veulent dire. Ils savent pour certains, mais pas suffisamment pour pouvoir agir.

— Y a-t-il une raison pour que Père Mal ait changé d'objectif d'un coup ? » se demanda Écho. « Il paraît toujours y avoir une méthode à sa folie, mais je n'en vois aucune cette fois. »

Alice hésita, elle jeta un œil à Mère Marie, tout en

se demandant ce qu'elle devait cacher. Que savait vraiment cette sorcière blanche et que révélait-elle à ses employés ?

« Que savez-vous des motivations du Père Mal ? » demanda-t-elle au groupe en essayant de ne pas trop en dire. Elle avait tant de secrets, il lui fallait trouver le bon moment pour révéler chacun d'entre eux. À Aeric, elle pensait pouvoir tout dire, mais elle ne connaissait pas encore bien les autres.

« Le pouvoir », dit Rhys. « il veut s'accaparer la ville, peut-être plus.

— Il veut utiliser ses esprits ancestraux pour obtenir plus de pouvoir et d'influence », ajouta Gabriel.

Alice regarda Cassie qui avait les lèvres retroussées, pensive.

« Il veut tout ça, c'est vrai. Il pense qu'il a les bonnes cartes en main et qu'il finira par gagner, peu importe l'enjeu et ses dangers. » Alice se mordit la lèvre. « Ce n'est pas lui qui tire les ficelles, cependant. Il agit dans son propre intérêt bien sûr, mais il a... Je ne suis pas sûre que le mot « patron » convienne, un « Maître » serait sans doute plus juste. »

Le silence envahit la pièce pendant de longues secondes. Les expressions de Mère Marie et de Cassie se figeaient de surprise et Alice comprit qu'aucune des deux femmes n'avait eu un aperçu récent de la situation de Père Mal.

« Tu es en train de nous dire... qu'il est au service de quelqu'un d'autre désormais ? » demanda Gabriel, frappant emphatiquement la table de son index.

« Exactement », acquiesça Alice.

« Depuis quand ? » demanda Mère Marie d'un ton violent, comme du verre brisé.

« Je ne sais pas trop. Je crois qu'il a tenté sa chance avec plusieurs... entités... au-delà du royaume des hommes. Quelques-unes étaient à sa portée, ses propres esprits ancestraux, mais d'autres... étaient beaucoup plus puissantes. Quelque part au cours de ses recherches, à force de jouer les funambules, il a trébuché et perdu le fil.

— Comment peux-tu savoir toutes ces choses ? » l'interrompit Mère Marie. Alice vit une brève lueur d'inquiétude dans le regard de la sorcière, ce qui la surprit.

« Je l'ai vu s'entretenir avec ces créatures. Il m'a utilisée comme agent pour accomplir les souhaits de ces monstres à de nombreuses reprises. Au cours d'une de ces missions, il a perdu le contrôle et la créature s'est invitée dans notre monde en prenant possession d'un humain. C'était... » Alice frissonna. « Pas beau à voir. »

Toujours le même silence. Tout le monde avait besoin de temps pour intégrer tout cela. Asher fut le premier à se remettre du choc, paraissant moins affecté que les autres. Alice ne le connaissait ni d'Ève ni d'Adam, mais cette brute puait l'ancien militaire, un soldat qui savait encaisser les coups et se relever pour en donner. Il en faudrait plus pour le désarçonner.

« Mais tu ne sais pas qui il est au service.

— Non.

— Est-ce que tu peux au moins nous dire qui il cherche ? » insista Asher.

« Il a effacé ma mémoire quelque temps après cela. »

Aeric gronda et Alice prit sa main sous la table. Ce simple contact l'encourageait.

« Ah », dit Cassie tout en acquiesçant. « Tu veux que je retrouve tes souvenirs ? »

Alice ne put s'empêcher de sourire en voyant que son amie avait tout de suite compris où elle voulait en venir. Tous les autres avaient l'air confus.

« L'Oracle sert à tout », dit simplement Cassie devant tous ces sourcils froncés.

Elle s'approcha d'Alice pour lui prendre la main. Alice dut abandonner les doigts d'Aeric, pour ne pas que leurs souvenirs se mélangent dans l'esprit de Cassie. Le fonctionnement des Oracles était mystérieux. Elle accepta la main de Cassie et attendit. Cassie, de son côté, se contenta de fermer les yeux et de marmonner. Après quelques instants de concentration, elle sourit.

« Kieran Kellan… et Ephraim? » dit-elle en prononçant ce dernier prénom *ef-rim* dans un doux accent étranger. « Je ne sais pas s'il s'agit d'un seul nom ou de deux, mais j'ai eu un aperçu de l'homme que recherche Père Mal. Il a une sacrée personnalité… et il n'est pas vilain. »

Dev ant les protestations de Gabriel, Cassie lâcha la main d'Alice en s'excusant d'un simple haussement d'épaules.

« Ce n'est pas moi qui invente ces prophéties », répondit-elle d'un ton acide. « Je ne fais que les transmettre.

— Je crois que cela suffira pour cette fois », dit Gabriel, qui avait toujours le front plissé. « Il faut que tu te reposes. »

Cassie leva les yeux au ciel, plus amusée qu'agacée.

« Alice, je suis debout depuis l'aube avec le bébé qui n'arrête pas de me donner des coups de pied, alors je crois que je vais suivre ses conseils. On discute un peu plus tard ? »

Alice se leva pour serrer son amie dans ses bras et le groupe se scinda en différents couples, à l'exception de Mère Marie. La sorcière quitta la pièce d'un pas décidé – Alice était très heureuse de ne pas être l'objet de ses attentions à ce moment précis.

Finalement, il ne restait plus dans la pièce qu'Alice, Aeric et un chat noir espiègle. Alice pencha légèrement la tête en arrière pour observer Aeric, qui semblait bouleversé par une lutte intérieure. Ses mains étaient serrées, ses épaules tendues, sa mâchoire crispée.

D'un coup, Alice comprit ce qui se passait. Les dragons étaient des créatures solitaires et voilà qu'il se trouvait confronté à une personne qui éveillait son intérêt. Chaque contact, chaque regard, faisait des étincelles entre eux, leur alchimie était indéniable. Mais Aeric était une créature secrète, il hésitait entre assouvir ses fantasmes et rester en sécurité, seul. Alice ne savait pas grand-chose des coutumes amoureuses des dragons, mais elle imaginait que c'était une affaire complexe. S'il avait pu passer tant de temps sans compagne, il était concevable qu'il ne souhaite aucun changement.

« Aeric » dit-elle en prenant sa main.

Il haussa un sourcil, l'expression de son visage s'adoucissant un peu.

« Nous n'avons pas à prendre la moindre décision, rien de drastique », dit Alice aussi clairement qu'elle le pouvait. « Montre-moi simplement notre lit. »

Ses yeux s'animèrent d'étincelles dorées, le dragon et l'homme étaient pris dans un tourbillon de désir.

« Tu es sûre ? » demanda-t-il, les poings serrés à en faire pâlir ses phalanges.

« C'est la seule chose dont je sois sûre », dit Alice en souriant légèrement.

Il n'avait pas idée à quel point c'était vrai ; sachant pourtant que cela allait marquer la fin de sa vie, elle ne voulait rien d'autre qu'être proche de l'homme qu'elle désirait depuis des siècles. Tout près d'elle, le regard plein de désir, les muscles de sa mâchoire crispés, Aeric représentait une tentation à laquelle elle ne pouvait pas résister. Alors, pourquoi essayer ?

Alice le tira par la main et il céda. Aeric la prit dans ses bras, elle sentit sa chaleur et ses muscles fermes sous ses doigts. Il caressa ses lèvres avec les siennes, doucement d'abord, puis plus sauvagement. Ils s'interrompirent, à bout de souffle, et il lui adressa un sourire espiègle.

« Viens », dit-il, en l'attirant vers le vestibule.

Alice le suivit, trop heureuse de découvrir les petites consolations de cette étape, son dernier chapitre, le plus important.

CHAPITRE 4

Aeric était bouleversé au moment d'emmener Alice dans sa chambre. Il s'arrêta au milieu de la pièce et contempla son immense lit impeccablement fait ; la réalité et tous ces insignifiants détails calmaient les fantasmes qui inondaient son cerveau. Mais ces fantasmes prirent malgré tout le dessus…

Parce qu'elle se tenait là. Juste là, dans sa chambre, elle le regardait avec de grands yeux. Assise au bord du lit, elle se mordillait la lèvre et rejeta la couverture qui enserrait ses épaules. Il ne s'agissait pas d'un rêve, et c'était à des années lumières de la solitude et du silence qui enveloppaient habituellement la vie d'Aeric.

Alice ramena ses longs cheveux noirs par-dessus son épaule et l'invita à la rejoindre – Aeric ne pouvait qu'obéir. Il se glissa entre ses genoux, se pencha pour l'embrasser avec une fougue fiévreuse et, de sa main imposante posée contre le bas de son dos, il rapprocha le corps d'Alice du sien.

Enfin. Dieux, le goût de sa peau... La sensation de ses lèvres pleines contre les siennes, leurs langues rivalisant d'audace, les sons doux qu'elle poussa quand il écarta de la main son chemisier léger et qu'il lui caressa le sein...

Elle était trop, il était dépassé, il brûlait de l'intérieur. Tout s'accélérait, leurs respirations, leurs mains qui caressaient chaque centimètre de leurs corps, avides et curieuses. Les lèvres d'Aeric se posèrent sur son front, le contour de son menton, la peau soyeuse de son cou juste sous l'oreille. Il lui retira sa nuisette et elle lui arracha sa veste, son t-shirt et son pantalon, le déshabillant complètement jusqu'à ne plus toucher que sa peau.

Leurs deux corps nus furent bientôt collés l'un à l'autre, bouche contre bouche, partageant toutes leurs inspirations. Il y avait un rythme obstiné à leurs caresses, que suivait le balancement de leurs corps au moment où Aeric la fit s'allonger sur le lit, lovant sa carrure imposante contre sa silhouette fragile, notant la douceur de ses courbes fines. Il oublia tout quand

Alice saisit son membre et le guida en elle : il n'aurait pas pu résister même s'il l'avait voulu.

Quand il sentit son accueillante chaleur, il fut submergé d'émotions qu'il n'avait jamais connues auparavant. Alice gémit en le serrant contre elle et en lui susurrant des mots d'encouragements. Elle accompagnait ses mouvements, le poussant dans ses retranchements, ses seins fermes pressés contre son torse, ses ongles griffant ses côtes. L'étreinte était sauvage, silencieuse et pleine de révérence, chaque seconde leur semblait impossible, pleine à craquer d'une joie ivre.

Alice se crispa autour de lui et jouit dans une forte décharge d'énergie, tirant soudain un orgasme d'Aeric. Il la marqua, ses dents trouvant prise dans la douce chair de son cou, le dragon, l'ours et l'homme, transis de frénésie, tremblaient devant la puissance de leur désir. Son sang chantait de plaisir devant cette jouissance, cette sensation de la tenir sous son corps et de savoir qu'elle lui appartenait, à lui et à personne d'autre.

Ce sentiment, cette possessivité, le fait qu'il sentait qu'elle était la seule... Il n'avait jamais rien vécu de tel dans sa vie. Il avait couché avec beaucoup de femmes, en avait même aimé certaines au cours de sa longue vie, mais il n'avait jamais ressenti jusque-là de moment de connexion si pure et si solide. Il en était même effrayé de sentir son cœur s'affoler, se nouer, l'empêchant presque de respirer.

Aeric s'effondra sur le côté et la serra contre lui pour lui embrasser le cou et écouter sa respiration haletante. Elle s'apaisa et commença à s'endormir dans ses bras, il ressentit sa poitrine se gonfler comme un ballon, une nouvelle sorte de tension qui l'angoissait et l'excitait tout à la fois.

Il restait là, inspirant l'odeur enivrante d'Alice, l'esprit chavirant. Alice se réveilla après quelques instants, pressant ses lèvres contre son menton, et elle marmonna quelque chose.

« Tu dis quoi ? » demanda Aeric, un sourire au coin des lèvres tandis qu'il lui écartait une mèche de cheveux du visage.

« Ça valait la peine d'attendre », dit-elle avec le même sourire satisfait.

« Comment ça, d'attendre ? Tu me connaissais déjà ? » demanda Aeric.

Alice rit.

« Oui.

— Tu parles de ces rêves ? »

Elle secoua la tête.

« Non. Il y a beaucoup de choses dont nous n'avons pas encore parlé, mon dragon. Nous, les gens de mon espèce, nous connaissons très tôt notre âme sœur. »

Son visage s'assombrit un peu et elle soupira. « J'ai bien peur que ce ne soit jamais un très bonne nouvelle pour une Furie de rencontrer son compagnon. »

Aeric recula de quelques centimètres, la fixant avec attention.

« Qu'est-ce que ça veut dire ? » demanda-t-il.

« Nous sommes censées tuer nos âmes sœurs, mais bien sûr je n'ai pas pu te tuer. Alors je me suis contentée de vivre ma vie, de m'amuser, sachant qu'un jour nous nous retrouverions... »

Aeric fronça les sourcils.

« Ça n'a pas de sens. »

Alice grimaça.

« Eh bien... Pour les Furies... Le grand amour entraîne la mort. Toujours, sans exception. »

Aeric resta bouche bée et ne put prononcer aucun mot.

« Tu... Je... Quoi ? » Ce fut tout ce qu'il put dire.

« Tu causeras ma perte », lui dit-elle, en gardant son calme.

« Tu ne vas pas mourir », gronda Aeric. « Je viens à peine de te trouver. Je ne laisserai jamais rien de mal t'arriver. »

Alice lui adressa le plus doux des sourires et baisa ses lèvres.

« Tu es adorable », lui dit-elle en se nichant dans

ses bras dans un soupir de satisfaction. « Je suis heureuse de ne pas t'avoir tué. »

Aeric voulait la secouer, la faire parler, la faire admettre que ce n'était que des sornettes. Alice n'avait pas l'air d'être inquiète, elle se rendormait doucement alors qu'Aeric tentait vainement de comprendre ce qu'elle venait de lui dire.

Quand aurait-elle eu l'occasion de le tuer ? Depuis combien de temps le connaissait-elle ? Et cette histoire de mort annoncée... Au grand désespoir d'Aeric, il était incapable de se rappeler quoi que ce soit à propos des Furies. Elles étaient grecques, c'était tout ce qu'il en savait.

Alors il resta allongé là, la serrant contre lui pendant qu'elle dormait, malade d'inquiétude. Sa vie formait de vraies montagnes russes aujourd'hui, faites de sommets et de gouffres vertigineux enchaînés à une vitesse folle et il n'était pas sûr que son cœur puisse suivre. Il tenta d'apaiser le flot de ses pensées, de tout diviser en morceaux plus faciles à affronter.

Alice était merveilleuse, surprenante et pleine de magie. Il était impossible de le nier. Pourtant, il la connaissait à peine, si l'on excluait leurs rêves silencieux. Elle était adorable, brillante et complexe, et il savait qu'il souhaitait tout connaître d'elle. Cela prendrait du temps, mais il ne la laisserait partir nulle part.

Et concernant cette fin tragique qu'elle promettait... Eh bien, il allait de soi qu'il irait jusqu'au bout de la terre, au-delà même du royaume des hommes, pour empêcher cela. Avec l'aide des Gardiens, il trouverait forcément une solution. Gabriel l'aiderait pour les recherches et Cassie lui conférait un avantage indéniable.

Aeric poussa un long soupir et parvint à se calmer un peu. Il n'avait jamais voulu de compagne, mais Alice avait débarqué malgré tout. Parfois le destin vous surprenait ; il voulait croire que ce même destin lui permettrait de la garder près de lui, en sécurité.

Ressassant les événements de la journée, Aeric en revint à leur dernière réunion et aux trois noms qu'avait prononcés Cassie : Keiran Kellan Ephraim. Il ne s'agissait peut-être que d'une seule personne... Il fouilla sa mémoire à la recherche de la moindre information concernant ce nom. Pour une raison ou pour une autre, le prénom Kieran lui paraissait familier, mais il n'aurait pas su dire pourquoi. Il était fatigué, de corps et d'esprit, et la douce respiration d'Alice le berçait.

Il avait besoin de dormir. Il finirait par trouver l'homme ou les hommes que cherchait Père Mal, et ils pourraient certainement les débarrasser du danger qui menaçait Alice. Une fois qu'il les aurait trouvés et que

Père Mal serait vaincu. Aeric serait libéré de la promesse qu'il avait faite aux Gardiens et à Mère Marie.

Ensuite, il enlacerait sa compagne et il l'emmènerait dans un endroit secret, pour la protéger et la chérir, comme un dragon chérit son trésor.

La comparaison le fit sourire et il s'endormit.

CHAPITRE 5

Une chaleur dans le creux du ventre, Alice se réveilla dans les bras d'Aeric. Après leurs premiers ébats passionnés, elle s'était endormie, mais Aeric l'avait réveillée encore et encore, tout au long de la nuit. Aeric était un amant incroyable, mais il était également épuisant. Quand il se leva pour s'habiller, elle en était presque soulagée. S'il restait nu et près d'elle, il y avait peu de chances qu'ils sortent un jour de cette chambre.

« Duverjay vient de passer, tout le monde se rassemble en bas », s'excusa Aeric.

« Qui ça ?

— Notre domestique.

— Ah. C'est la grande vie », dit Alice en souriant.

« Tu te moques, mais il t'a apporté quelques vêtements. Cassie lui a donné quelques recommandations, je crois.

— Ooooooh. C'est gentil ! Je n'y avais même pas encore pensé », dit Alice. « Il faudra que je remercie... Il s'appelle comment déjà ?

— Du-ver-jay. Et il n'est pas très amical, mais tu peux essayer de le remercier si tu y tiens vraiment.

— C'est important de faire preuve de gratitude, dans toutes les relations, peu importe avec qui », dit Alice en haussant un sourcil. Elle bondit du lit et s'approcha de la petite penderie sur roulettes, un sourire illuminant son visage quand elle découvrit les vêtements. « Ah, Cassie a tout bon. Que du noir, que du Anthropologie ou du Topshop.

— Ces mots ne veulent rien dire pour moi », dit Aeric en passant une chemise de lin noire. Alice l'admira un instant.

« Ça ne t'empêche pas de porter du Tom Ford, la personne qui choisit tes vêtements à bon goût. Tu as plus de raisons de remercier Duverjay que tu ne l'imagines.

— Ah oui ? » dit Aeric, pensif. « Tant que ça te plaît. »

Alice attrapa une robe mince faite de satin et de dentelles. Elle la couvrirait du cou jusqu'aux genoux, c'était assez austère pour lui convenir.

« Il n'y a que du noir et du gris sombre », dit Aeric en examinant les robes.

« Exactement.

— Tu ne portes jamais de couleur ? » demanda-t-il.

« Et c'est toi qui me demandes ça ? Tu ne choisis même pas tes fringues toi-même. Je te ferais remarquer que je ne t'ai vu porter que du noir ou du bleu marine jusque-là », dit Alice tout en ouvrant un paquet de collants soyeux et en commençant à s'habiller.

« J'étais simplement curieux. Je ne sous-entendais rien. Toutes les couleurs t'iraient, tu sais », dit Aeric qui la détaillait du regard tandis qu'elle enfilait sa robe.

Alice s'interrompit, les lèvres frémissantes.

« J'y penserai », dit-elle en rassemblant ses cheveux derrière une de ses épaules. « On descend ?

— Bien sûr. Je crois qu'il y a quelques paires de chaussures pour toi en bas, et quelques autres produits... féminins », dit Aeric à Alice, qui rit devant son haussement d'épaules. Chaque fois qu'elle l'avait observé, il avait toujours dégagé une profonde intensité, à chaque seconde, même quand elle l'avait espionné à travers le miroir divinatoire. Cet autre côté de sa personnalité, plus léger, était indiciblement attirant. Une boule se forma au creux de sa gorge quand elle se souvint qu'ils ne passeraient qu'un temps limité ensemble. Elle dut écarter cette pensée quand elle prit la main qu'Aeric lui tendait pour le suivre dans les escaliers.

Les Gardiens étaient déjà tous là quand Alice et Aeric s'approchèrent de la grande table de conférence. Duverjay s'activait, il servait du café et des pâtisseries pendant que les autres parlaient et triaient leurs documents. Il y avait trois grands tableaux posés contre le mur. Alice les examina en s'installant entre Aeric et Écho qui dévorait un appétissant croissant.

« Le premier tableau concerne les Trois Lumières. Nous pensons qu'il s'agit de moi, de Cassie et de Kira. Celui du milieu rassemble tout ce que nous savons à propos de Père Mal, tu l'auras compris. Et le dernier... Ce sont les hommes que nous avons trouvés en cherchant les trois noms que tu nous as donnés. »

Le troisième tableau était divisé en deux parties. Un côté montrait un homme à la peau mate et aux cheveux bruns, qui semblait furieux dans toutes les photos. Il avait des yeux jaunes surprenants, qui rappelaient à Alice ceux d'Aeric quand son dragon faisait surface. Il avait un sex-appeal évident, vaguement exotique, comme s'il venait d'un moyen orient ancestral.

L'autre côté était consacré à un homme aux yeux

verts d'une beauté ravageuse, aux cheveux clairs déjà grisonnants aux tempes. Avec ses pommettes hautes, ses lèvres pleines et une expression mi-amusée, mi-mélancolique, il avait un charme insoutenable.

« Oui », dit Écho en riant quand elle vit le visage d'Alice. « C'est Kieran Kellan.

— Il a des allures de... fée », dit Alice en scrutant les photos.

« Il en a plus que l'allure en réalité. C'est un prince fée en exil et il cherche des ennuis à La Nouvelle-Orléans depuis un bout de temps apparemment.

— Alors nous devrions le trouver facilement », interrompit Aeric en leur adressant à toutes deux un regard réprobateur. Les autres Gardiens partageaient visiblement son incompréhension ; aucun d'entre eux n'appréciait les pâmoisons que déclenchaient les beaux traits de Kieran Kellan chez les deux femmes.

« C'est tout l'inverse. Avec cette saloperie de magie féerique, impossible de lui mettre la main dessus », soupira Asher.

« Je crois que j'ai peut-être un contact qui pourrait nous en dire plus à propos d'Ephraim, mais il ne sera pas facile à localiser », dit Écho en sirotant son café.

« Et pourquoi pas Ciprian ? » demanda Cassie.

Le silence régna un moment.

« Non. Non, hors de question », dit Gabriel en tapant du poing sur la table.

« Qui est Ciprian ? » demanda Kira qui observait Gabriel, Rhys et Cassie, perplexe.

« C'est une source fiable », dit Cassie malicieusement.

« C'est un vaurien suceur de sang », dit Rhys qui ne plaisantait pas du tout.

« Un vampire? » demanda Alice. Quand Gabriel acquiesça, elle frissonna. Elle n'avait jamais aimé les vampires ; d'après son expérience, ils n'étaient jamais dignes de confiance, enfreignant même les règles les plus élémentaires, comme une promesse de ne pas enfoncer leurs canines dans le cou de tes amis dès qu'ils ont le dos tourné.

« Je partage ton sentiment », dit Cassie. « Mais c'est lui qui a parlé de Kieran en premier, qui nous a dit qu'il se trouvait à La Nouvelle-Orléans. Il sait forcément quelque chose. En plus, je crois qu'il m'aime bien. »

Tout le monde se tourna vers Gabriel qui venait de pousser un rugissement terrifiant.

« Je crois que c'est un euphémisme. Il voulait te baiser et te sucer le sang », accusa Gabriel.

« Bah, évidemment... C'est un vampire. C'est un peu le principe », dit Cassie en levant les yeux au ciel.

« Ce n'est pas comme si j'allais m'aventurer là-bas toute seule et m'offrir à lui. Tu me prends pour qui ?

— Non », siffla Gabriel en croisant les bras. « Tu es enceinte de sept mois, Cass. Tu portes mon enfant. Je ne te laisserai pas faire. »

Cassie fronça les sourcils et chercha un appui autour de la table. Rhys soupira et lui tapota le bras.

« J'ai bien peur que ce soit hors de question, Cass. C'est beaucoup trop dangereux pour une femme enceinte.

— Bon, d'accord », fit Cassie en posant ses mains contre son ventre qu'elle regarda pensivement. « Ah, mon petit salopiot. À cause de toi, je vais tout rater !

— Je préfère ça », dit Gabriel.

Cassie fit « *pfft* », mais ne répondit pas. Elle savait clairement que son compagnon avait raison, même si cela voulait dire qu'elle devrait rester en retrait encore un moment.

« Je crois que nous devrions tous chercher des contacts et nous retrouver ici ce soir », proposa Rhys en quittant la table.

Tout le monde acquiesça et se leva, ce qui sonnait la fin de la réunion. Duverjay se mit en action, ramassant les assiettes et s'agaçant devant les miettes de croissant. Alice hésita un instant en voyant l'expression austère du domestique et choisit de rejoindre précipitamment Aeric qui se dirigeait vers ses appartements.

Elle traversa sa chambre et sa salle de bain, fixant la douche avec envie, mais elle y renonça en le trouvant debout devant les étagères chargées de sa bibliothèque, en train de préparer ses armes.

« Qu'est-ce que tu fais ? » demanda-t-elle. « Tu vas où ?

— Je vais aller trouver Ciprian. Il s'est peut-être amouraché de Cassie, mais aujourd'hui il aura affaire à moi. J'obtiendrai des réponses », grogna Aeric tout en glissant ses katanas dans les fourreaux croisés qu'il portait sur le dos, par-dessus sa veste en kevlar.

« Laisse-moi le temps de mettre des chaussures », dit Alice en sortant de la pièce.

« Alice, tu ne peux pas venir avec moi. C'est beaucoup trop dangereux, je ne veux pas que tu t'approches de ce type », dit Aeric d'une voix étrangement dépourvue de vie. Il lui parlait, mais son regard était ailleurs, comme s'il planifiait déjà les dix étapes suivantes.

« Eh », dit Alice en claquant des doigts pour obtenir son attention. Quand il la regarda enfin, elle planta son index entre ses pectoraux. « Tu ne me laisseras pas toute seule ici. On vient à peine de se retrouver, tu te rappelles ? Ça marche dans les deux sens.

— Ce n'est pas une bonne idée que tu viennes », dit-il, les muscles saillants sous sa chemise.

« Cela m'est égal. Je veux être avec toi. En plus, je suis sans doute la créature la plus dangereuse de la ville en ce moment », dit franchement Alice.

Aeric marqua une pause, l'observa un moment avant d'éclater de rire.

« D'accord, mais tu vas devoir tout me raconter sur les Furies en chemin, pour que je comprenne à quoi j'ai affaire », négocia-t-il.

Alice rayonnait.

« Ça marche !

— Tu vas découvrir une partie de moi qui n'a rien de... charmant », la prévint Aeric.

« Oh, mon trésor... attends un peu que ma Furie s'en mêle. Je peux faire pleuvoir du sang », dit Alice en lui tapotant la main. « On m'a dit que c'était terrifiant. »

Aeric n'avait visiblement rien à répondre à cela, Alice se contenta de sourire et de se diriger vers la porte.

« On se rejoint en bas, du côté de toutes ces boîtes à chaussures », dit-elle joyeusement.

Alice avait toujours adoré les aventures...

CHAPITRE 6

« *E*t voilà qui résume mes capacités, je crois », finit Alice tout en suivant Aeric à travers une suite de couloirs sombres et humides. Aeric lui lança un regard amusé, il aimait la voir tenir le rythme malgré ses talons de huit centimètres. Sa compagne était apparemment aussi jolie que déterminée.

« Eh bien, pour être honnête », dit-il en projetant la lumière de sa torche dans les deux conduits d'une bifurcation. « Tes prouesses vocales, ta chanson tueuse, m'a fait froid dans le dos. Tout le reste m'a paru un peu fade en comparaison.

— Ah, je vois », dit Alice, le front plissé, elle repoussait du bout du pied un tapis miteux. Ils se trouvaient au cœur d'un bordel sanguin, un abri planqué dans le Marché Gris. Ce n'était pas un rendez-vous particulièrement romantique, mais Alice ne semblait pas s'en préoccuper.

« Heureusement que tu t'es trouvée un dragon. Tu ne me feras pas peur comme ça », la taquina-t-il, lui redonnant le sourire. Elle avait donc également son lot d'angoisses et d'insécurités. Alice était infiniment complexe et n'en finissait pas de le fasciner. Au détriment de leur mission... Ils n'avaient toujours aucune idée de l'emplacement de cette crypte.

« Eh », dit Alice en indiquant le couloir de droite. « Tu ne la trouves pas étrange, cette porte ?

— Étrange parce qu'elle est renforcée d'une couche de métal, en effet. Tu as l'œil », lui dit Aeric en sortant de son fourreau un de ses Katanas « On y est, y a pas de doute. Recule-toi, s'il te plaît. La température va monter. »

Plutôt que d'enfoncer la porte d'un coup de pied, Aeric se concentra pour invoquer son dragon. Il céda ses lèvres, ses narines, l'intérieur de sa bouche, sa gorge et ses poumons aux écailles protectrices de son dragon. Il activa surtout le deuxième estomac qui lui permettait de souffler le feu. Il lui suffit de quelques instants pour rugir en crachant des flammes, brûlant en plus de la porte un vampire qui se tenait juste derrière.

Abandonnant sa métamorphose partielle et son

dragon, Aeric brandit son épée et pénétra à l'intérieur de la pièce. Deux autres suceurs de sang s'y trouvaient, terrifiés.

« Alice ! Suis-moi », lui lança-t-il. Une fois qu'elle l'eût rejoint, un sourire mesquin aux lèvres en découvrant les restes près de la porte, Aeric fit signe aux deux larbins : « Déguerpissez, à moins que vous ne souhaitiez connaître le même sort. »

La vue de la dépouille fumante qui remplaçait le premier garde suffit à les convaincre, visiblement, car les deux gardes s'éclipsèrent sans dire un mot.

« Waouh », dit Alice en découvrant le seul meuble de la pièce, un énorme cercueil d'un or éblouissant. Il était magnifique, mais n'avait rien de très pratique. Un des coins s'était déjà affaissé sous la chaleur des flammes d'Aeric. « Il aurait pu se choisir un cercueil ignifugé, non ?

— C'est ce que j'aurais fait à sa place », dit Aeric en secouant la tête. « Mais ça va nous simplifier la vie. »

Aeric se concentra quelques secondes et couvrit ses deux mains d'écailles tout aussi brillantes que le cercueil. Ainsi protégé de sa chaleur, il tordit aisément un des coins du couvercle et le souleva complètement. Ciprian y était allongé, un blond à l'air dangereux qui ne portait que du cuir et des piquants. Il ressemblait trait pour trait à un punk de la fin des années soixante-dix qui se serait endormi après une soirée « *Rock The Casbah* » trop arrosée, se dit Aeric avec un sourire moqueur.

« C'est lui que nous cherchions ? » demanda Alice, un peu confuse.

D'un coup, le vampire ouvrit ses yeux bleus et brillants. Il ricana – ses canines s'allongèrent, lui donnant un air plus menaçant.

« Eh ben, voilà », dit Aeric. « Les gens de ton espèce ont visiblement le sommeil lourd comme la mort. »

Ciprian se leva en grognant, mais l'épée d'Aeric suffit à le rendre plus attentif et plus réfléchi.

« Doucement », prévint Aeric.

« Ça sent la viande dans le coin », dit Ciprian. Il avait un fort accent, sans doute originaire d'Europe de l'Est, qu'Aeric ne situait pas vraiment.

« Un de tes hommes se trouvait un peu trop près de la porte », dit Aeric qui ne regrettait rien.

« Tu as une odeur très intéressante aussi », fit Ciprian en se penchant pour le renifler.

« Va te faire foutre avec tes conneries », dit Aeric en rapprochant la pointe de son Katana du torse de Ciprian. « Tu ne veux pas réveiller l'ours... »

Ciprian lui adressa un autre de ses sourires moqueurs.

« Tu es peut-être capable de te changer en ours, mais ce n'est pas tout ce que tu es », lui dit-il, les yeux brillants de curiosité. « Et accompagné par une Furie, rien de moins... »

Alice croisa les bras, étudiant attentivement Ciprian.

« Je savais bien que tu me disais quelque chose », dit-elle en penchant la tête. « Tu faisais partie de la bande de Vlad et des vampyres originels, pas vrai ? »

Ciprian lui adressa un sourire reconnaissant, qui dévoilait beaucoup trop ses canines au goût d'Aeric.

« En effet. Et vous, très chère, vous ne faites pas votre âge. Ça te fait quoi, dix siècles humains ? » demanda Ciprian.

Alice eut la bonne idée de rougir.

« On ne demande pas son âge à une dame », murmura-t-elle en évitant le regard curieux d'Aeric.

« Mais c'est sans doute pour ça que tu traînes avec cette... créature », dit Ciprian en désignant Aeric. « Ce n'est pourtant pas la seule vieille âme sur terre, si tu vois ce que je veux dire.

— T'as vraiment envie de crever ? » demanda Aeric en pressant la pointe de son épée contre la clavicule gauche du vampire.

« Je suis déjà mort une fois, je ne souhaite pas

renouveler l'expérience, non », dit Ciprian en reculant d'un pas.

« N'oublie pas pourquoi nous sommes venus », dit doucement Alice à Aeric. « Pose-lui tes questions avant qu'il ne t'agace au point que tu ne l'aplatisses.

— Je vous en prie », dit Ciprian en inclinant la tête d'un air moqueur. « Je suis toujours prêt à obliger une Furie et... je finirai bien par savoir ce dont tu es fait, Gardien. Je te rassure.

— Concentre-toi », pesta Aeric. Ce type faisait vraiment très peu de cas de sa propre sécurité. « Je cherche Kieran.

— Il y a tant de Kieran et si peu de temps pour en parler », s'amusa Ciprian en examinant ses ongles et en les grattant contre sa chemise.

« Kieran le Gris, plus précisément », ajouta Alice. Devant le haussement de sourcils d'Aeric, elle clarifia : « Cassie dit que c'est comme ça que Ciprian l'a appelé la dernière fois qu'ils se sont parlés.

— Alors ? » relança Aeric. « Kieran, Kellan, Gris… quel que soit son nom, je veux le trouver. »

Cipran fit une moue pensive, choisissant ses mots avec précaution.

« Ça m'étonnerait que tu aies très envie de rencontrer ce genre de personnes », dit-il au bout du compte. « Ce n'est jamais très agréable, dans mon expérience.

• Tu le connais alors ? » interrompit Alice.

« Lui ? » rit Ciprian. « Ça, pour le connaître...

— Arrête de tourner en rond. Tu vas bientôt venir à bout de ma patience », dit Aeric. « Je ne veux pas devoir te le demander une nouvelle fois. »

Ciprian rit et leva les mains en l'air, moins en signe de reddition qu'en guise de déni de responsabilité.

« Comme tu veux. Tu ne seras pas capable de le battre à toi tout seul, tu sais. » Au grognement d'Aeric, Ciprian secoua à nouveau la tête. « D'accord, d'accord. Tu peux sans doute le trouver devant un verre chez Madame White. Dans la province de Storyville, dans le Marché Gris.

— Il traîne dans le quartier des prostituées ? » demanda Alice, sceptique.

« Je pense qu'il y cherche moins la compagnie des femmes que la discrétion promise dans ce genre d'endroits », soupira Ciprian. « Ça m'a coûté cher d'obtenir cette information.

— En tout cas, tu l'as trouvé, donc c'est possible. Il y sera quand ? » demanda Aeric.

« Tu me prends pour un devin ? J'en sais rien, moi », se moqua Ciprian, puis il parut se raviser. « Essaie peut-être au moment d'un match ? Je crois que

Kieran est un fervent supporter des Saints de La Nouvelle-Orléans.

— Tu as d'autres infos à nous donner ? » demanda Alice, faussement complaisante.

« J'ai vu tout ce qui allait se passer, vous savez. L'Oracle m'a offert ses visions. Mais vous avez de la chance, je veux débarrasser la ville de Père Mal presque autant que vous. Il n'aide pas mes affaires. Malheureusement, je crois que Kieran vous donnera plus de fil à tordre que vous ne l'imaginez.

— Nous ne manquons pas de munitions », le coupa Aeric. Il était à court de patience et il avait bien envie d'embrocher ce vampire. Tant qu'il ne coupait pas la tête de Ciprian, il n'en mourrait pas.

L'épée d'Aeric le démangeait à cause des ricanements moqueurs de Ciprian.

« Il va te falloir bien plus qu'une petite épée », dit Ciprian en désignant Alice d'un hochement de tête. « Comme elle ou les autres compagnes des Gardiens. Peut-être toutes. Je n'ai encore jamais vu une fée sortir le grand jeu. » Avant qu'Aeric ne puisse répondre, Ciprian leva la main pour l'interrompre. « C'est une information importante. En tant que Fée, il va vouloir tirer quelque chose de vous, un truc unique que seules une Furie ou une Oracle peuvent offrir.

— Si tu as vu l'avenir, raconte-nous ce qu'il demande », demanda simplement Alice.

« Ma vision s'arrête au moment où vous le retrouvez chez Madame White. Ce qui s'y passe après, je ne peux même pas l'imaginer. Maintenant, si vous voulez bien m'excuser, il me reste encore quelques heures de sommeil avant le coucher du soleil. Même les vampires ont meilleure mine après un bon repos, vous le saviez ? »

Sa volonté de mettre un terme à cette entrevue se lisait clairement dans son regard et dans sa voix.

« Très bien », dit Aeric en jetant un coup d'oeil au cercueil détruit. « Tu devrais trouver quelque chose de plus solide, ton sommeil n'en serait que plus paisible. »

Ciprian se pencha vers lui et renifla à nouveau.

« Une odeur presque métallique. Très intéressant », remarqua-t-il, en haussant le sourcil en signe de défi. Il menaçait visiblement de dévoiler le secret d'Aeric si l'autre ne le laissait pas tranquille, mais il ne valait pas la peine d'être contrarié.

« À la revoyure alors, mon vieux », dit Alice quand Aeric la tira vers la sortie en lui agrippant le bras.

« Intéressant, c'est le moins qu'on puisse dire », murmura-t-il en la guidant à travers le dédale de couloirs. « Il ne nous reste plus qu'à trouver cette foutue sortie et je crois que nous aurons fait un grand pas en avant.

— J'irai où tu iras, mon Amour », le taquina Alice en lui prenant la main maintenant qu'il avait rangé son épée.

Elle plaisantait à moitié, mais ces paroles revigorèrent Aeric. Sa façon de l'appeler « mon Amour » lui donnait la chair de poule et ces mots lui donnèrent un nouvel allant. Il ne rêvait vraiment pas...

Leurs destinées étaient désormais liées et il devait veiller sur elle.

CHAPITRE 7

*D*ominic.
Réveille-toi, Dominic.

Père Mal ouvrit les yeux et reconnut le faible éclairage du plafond de sa chambre. Est-ce que les esprits l'avaient appelé ? Il avait entendu quelque chose, mais quoi ? Il se redressa doucement, sentant ses articulations craquer. Il dormait mal depuis quelque temps – les tensions se multipliaient dans la ville et dans son domaine. Son pyjama de soie gris se collait à sa peau d'ébène, couverte de sueur, fruit de son sommeil agité.

La bougie posée sur la table de chevet attira son attention. Il n'y avait aucun courant d'air dans la pièce, mais la flamme vacillait violemment et finit même par s'éteindre complètement après quelques instants. Une volute de fumée s'en éleva et une odeur âcre envahit l'air. Elle sembla prendre forme, la forme d'une élégante main aux doigts fins.

Les vestiges d'un profond sommeil le subjuguaient encore, mais il se leva et suivit cette apparition sans réfléchir. Ses ancêtres de l'autre côté du Voile, au cœur du royaume spirituel, le convoquaient de toutes les manières imaginables. Rien ne lui parut différent cette fois avant qu'il ne s'approche du petit autel qu'il gardait dans la pièce attenante.

Cet autel se composait d'un simple morceau de pierre polie d'environ un mètre cinquante de long et un mètre de large, surélevée du sol de quelque trente centimètres. Tout autour se trouvaient des cierges, des statuettes de saints mineurs, des perles, des pièces et des petites bouteilles d'alcool, une centaine de petites offrandes toutes destinées à nourrir les esprits. Accrochées au mur, une série de photos, d'esquisses et de peintures de divers ancêtres de Malveaux se côtoyaient, classés en fonction de la puissance et du prestige qu'ils avaient acquis au cours de leur existence.

Rien de tout cela n'avait changé de place ; la seule différence, ce soir-là, était une jolie femme blonde qui se trouvait étendue sur l'autel, l'observant d'un œil vitreux. Malgré une chevelure soyeuse et un voile de cérémonie d'un blanc immaculé, ses yeux bouffis cerclés de rouge et les bleus sombres qui coloraient ses poings et l'intérieur de ses bras trahissaient une junkie, une adolescente paumée.

La victime d'une possession. Il ne s'agissait donc pas de la visite amicale d'un de ses ancêtres.

Devenue marionnette maladroite, la jeune fille ouvrit la bouche et une voix d'une tessiture surnaturelle s'en échappa.

« Libère-moi », commanda cette voix.

La fille attrapa une dague argentée et en offrit le manche à Père Mal. Devant l'hésitation de ce dernier, la créature émit un rugissement glaçant.

« D'accord, d'accord », dit Père Mal.

Saisissant la dague, il ferma les yeux et marmonna une longue incantation, des paroles déjà beaucoup trop familières. Elles lui alourdissaient la langue, comme s'il buvait de l'arsenic ; la noirceur de cette magie lui engourdissait les lèvres. Au moment de prononcer le dernier mot, il enfonça la dague au hasard, ne se souciant pas de savoir où il frappait la chair de cette fille.

L'arme vibrait dans ses mains patientes. Il trouvait cette histoire d'invocation dans le royaume des hommes de très mauvais goût, mais c'était aussi nécessaire. Son Maître était un Loa d'une grande puissance et Père Mal n'imaginait pas un instant désobéir à l'un de ses ordres. Il aurait signé là son arrêt de mort, *sans aucun doute.*

La température de la pièce chuta et Père Mal s'efforça de rouvrir les yeux. La fille s'était levée, mais sa silhouette se brouillait, comme si son squelette craquait sous sa peau, s'étirant et se modifiant peu à peu, accueillant une nouvelle créature. Cette peau s'assombrit lentement jusqu'à devenir noire comme du charbon et la fille changea finalement de sexe. Père Mal découvrait devant lui un homme époustouflant qui le dépassait d'une tête. Il avait la musculature saillante d'un jaguar à l'affût. Le blanc de ses yeux brillait, leurs iris imitaient l'éclat d'une nuit étoilée.

« Papa Aguiel », dit Père Mal en s'inclinant. « C'est un honneur.

— Ahhh », dit l'esprit, dont le souffle formait des nuages de glace. L'air gelait tout autour de ses lèvres, de minuscules flocons s'y cristallisaient avant de tomber par terre. « Cela fait bien trop longtemps, Dominic. »

Le fort accent haïtien que l'homme mêlait à un français moderne sonnait faux.

« Maître », dit Père Mal, sans quitter des yeux le torse de son interlocuteur. Il se sentait incapable de croiser le regard du Loa.

« Cette peau est beaucoup trop serrée », remarqua

Papa Aguiel. « Il faudra me trouver un corps à ma taille pour le prochain sacrifice, n'est-ce pas ? »

Père Mal se contenta d'incliner la tête. L'esprit s'exprimait parfois de manière étrange et déroutante ; tant que le Loa ne lui posait pas de question directe, il préférait garder le silence.

« J'ai cru comprendre qu'il était de plus en plus difficile de trouver de bonnes vierges. » Papa Aguiel passa la pièce en revue, invitant Père Mal à se demander s'il la voyait vraiment. Cette possession ne lui offrait qu'une présence temporaire dans ce royaume et Père Mal voyait bien que le Loa ne partageait pas les mêmes sensations que les hommes.

« Nous faisons de notre mieux », dit Père Mal qui choisissait ses mots avec précaution.

Papa Aguiel laissa échapper un rire rauque qui lui donna la chair de poule. Dans ce contexte, l'amusement était effrayant.

« Parlons affaires, petit homme. » Les yeux sombres et aveugles du Loa s'agitaient à mesure qu'il parlait. « Beaucoup de choses ont changé dans le royaume des esprits. L'équilibre des pouvoirs a basculé et il n'est plus en notre faveur. Je crois qu'il y aura une tentative de coup dans les prochains jours. »

Le front de Père Mal se fronça.

« Ce ne sont pas de bonnes nouvelles », dit-il.

Papa Aguiel renifla, visiblement agacé.

« Je ne suis pas venu t'écouter jacasser, petit homme. As-tu trouvé l'homme dont je t'ai parlé ? »

Le cœur de Père Mal tressaillit. Il avait espéré obtenir plus de temps... La tête basse, il annonça la nouvelle.

« Il s'est révélé insaisissable. »

Père Mal eut à peine le temps de voir jaillir la main du Loa, qui lui frappa le torse et s'enfonça dans sa chair. Bouche ouverte comme une carpe, Père Mal ne pouvait que fixer les yeux exorbités de Papa Aguiel qui lui attrapait le cœur entre ses doigts glacés et le pressait.

Père Mal ne pouvait ni bouger, ni respirer, ni même penser. Papa Aguiel ne semblait pas s'en inquiéter, il était surtout soucieux de lui faire comprendre toute l'importance de cette mission.

« Quand je t'ai trouvé, tu n'étais rien, petit homme. Tu raclais les fonds de poubelle, tu comprenais à peine assez de magie pour te maintenir en vie. Je t'ai offert La *Nouvelle-Orléans* sur un plateau. Je t'ai donné tous les accès, les secrets, la puissance de l'au-delà. J'ai fait tout cela pour une raison, une seule et unique raison : tu devais me donner accès au royaume des mortels, de façon permanente. C'était notre accord, petit homme. »

Le Loa marqua une pause, fixant un moment le visage de Père Mal avant de continuer.

« Pour envahir ce royaume, il me faut une peau bien particulière. Je te l'ai déjà longuement expliqué. Il n'y a qu'une solution, qu'une chance de me faire traverser. Pour trouver cette peau, j'ai besoin de cet homme. Kieran le Gris est le seul qui pourra m'apporter ce dont j'ai besoin. Si je manque cette opportunité, la rébellion dans le royaume des esprits pourrait me ralentir pour des milliers d'années. Je n'ai pas travaillé si longtemps, si dur, pour que tu foutes tous mes plans en l'air, n'est-ce pas? »

Père Mal n'était pas en position de lui répondre, de quelque manière que ce soit. Agacé, Papa Aguiel le relâcha et le repoussa. Père Mal prit une profonde inspiration et s'agrippa le torse, une douleur d'agonie secoua toutes les fibres de son être pendant un long instant.

« Tu n'as pas fini de souffrir si tu échoues, petit homme. J'utiliserai mes dernières forces pour te tirer dans le royaume des esprits, sous mon contrôle. Je te torturerai pour l'éternité, je torturerai toutes tes ancêtres. Je tuerai tous tes descendants et effacerai à jamais ton nom, c'est bien compris ? »

Père Mal acquiesça en tremblant.

« C'est ta dernière change, Dominic. Trouve cet

homme et piège cette peau. Comme je te l'ordonne à chaque fois. Sans cela, la sensation de ma main autour de ton cœur pourrait vite devenir un souvenir agréable.

— Oui, Maître », parvint à dire Père Mal, gêné par les gouttes de sueur qui lui piquaient les yeux.

« Ne me déçois pas, petit homme. »

Après avoir prononcé ces mots, Papa Aguiel arracha la chair de cette trop étroite peau, la déchiquetant jusqu'à ce qu'un filet de fumée s'en échappe et se dissipe dans l'air. Le corps brisé et ensanglanté s'affaissa sur le sol, sans vie, retrouvant lentement sa forme d'origine, sa peau pâle et ses cheveux blonds. Du sang giclait sur le sol, qui réchauffait les pieds nus de Père Mal en lui donnant envie de gerber.

Il se précipita dans la salle de bain et s'agenouilla devant la cuvette des toilettes jusqu'à ce qu'il ne lui reste plus rien dans l'estomac. Une fois soulagé, il se leva et se rinça la bouche. Il retourna finalement dans sa chambre, revêtit son habituel costume sombre et convoqua ses meilleurs hommes.

Le temps qu'il recouvre ses esprits et qu'il descende les escaliers, dix hommes en costumes noirs l'attendaient déjà avec curiosité. Il s'adressa à la pièce entière, tâchant de rester simple et clair :

« Fouiller le Marché Gris. Retournez-en toutes les

pierres, interrogez tous les badauds, pétez toutes les gueules que vous trouverez. Mais ramenez-moi Kieran le Gris avant la prochaine lune ou vous êtes tous des hommes morts. »

Un moment de silence. Et puis chaque homme lâcha un « Oui, monsieur ». Ils sortirent tous de la maison les uns après les autres. Père Mal se réfugia dans la cuisine et se fit infuser un thé à la réglisse, faisant fi des tremblements de ses mains qui agitaient la tasse et la soucoupe.

Scrutant la cour à travers la fenêtre, il sirota en observant la pleine lune.

Il n'échouerait pas.

CHAPITRE 8

« Alors voilà à quoi ressemble un bordel de fées », dit Alice en inclinant la tête.

Ils venaient d'entrer dans une des salles les plus décadentes qu'Alice n'ait jamais vues, bourrée de rideaux de damas rouge, d'un bois sombre et luisant et d'or éparpillé çà et là. Il y avait bien sûr quelques ampoules électriques, subtilement dissimulées, mais la majeure partie de la pièce était éclairée par d'immenses candélabres. Ajoutez à cela de somptueux tapis et deux domestiques qui prenaient les manteaux et vérifiaient les cartes de membre, et l'ensemble paraissait très vite excessif. C'était en tout cas ce que pensait Alice, qui avait pourtant connu les foutus fastes de l'Empire Romain.

« C'est un plaisir de vous accueillir ici », murmura

l'un des domestiques en rendant à Écho la carte argentée qui leur avait permis d'entrer. Rhys prit le bras d'Écho et la guida plus loin ; Alice sourit quand Aeric en fit de même avec elle. Asher et Gabriel les suivaient à la trace. Seules Cassie et Kira étaient restées au Manoir.

Les Gardiens étaient tous sur leur trente-et-un, en smokings et robes de soirée. Aeric ne savait plus où se mettre dans son costume Armani et tirait continuellement sur son nœud papillon. Cet accoutrement lui allait pourtant à ravir. Il ressemblait à James Bond dans ses épisodes les plus violents et Alice n'en pouvait déjà plus d'attendre de se retrouver seule avec lui pour lui arracher toutes les pièces de ce smoking.

Il fronça un sourcil en la voyant le reluquer. Elle sourit et haussa les épaules ; il s'était rincé l'œil toute la soirée en admirant sa minirobe noire et moulante, fixant du regard ses fesses arrondies par ses talons aiguilles rouges. Ce n'était que justice après tout.

« De ce côté, s'il vous plaît. » Une magnifique femme asiatique, menue, vêtue d'une robe de perles argentées apparut devant eux. Elle était sortie de nulle part, avec un sourire poli, elle commença à leur expliquer le fonctionnement de la maison en les guidant vers le foyer. « Madame White tient à ce que certaines règles soient respectées. Pas de violence, pas de vols et pas de manques de respect envers ses employés. Vous pénétrez dans une maison de jouissance et dans un lieu de commerce. Je sais que vous êtes dignes de confiance et que cela ne vous posera aucun problème. »

Son sourire pincé indiquait qu'elle ne leur accordait pas du tout sa confiance et Alice dut étouffer un rire. Ils s'approchèrent d'éblouissantes portes en or sur lesquelles étaient gravées des incantations indéchiffrables – des sorts de protection à n'en pas douter.

« Entrez », dit l'hôtesse.

Elle tira l'une des portes et recula pour les laisser passer, Alice pouffa de rire en découvrant l'intérieur ; l'endroit ressemblait à un repaire d'opiomanes victoriens. Hommes et femmes se prélassaient contre de doux coussins de velours, buvaient leurs verres accoudés à un resplendissant bar en bronze et deux jolies jumelles rousses dansaient lentement l'une contre l'autre au son des accords de jazz d'un piano à queue.

Dans un coin, une contorsionniste presque nue se donnait en spectacle, passant une jambe derrière sa tête avant de retomber en arrière pour faire un grand écart dans les airs, comme au ralenti. Plusieurs hommes en costumes sombres occupaient le cercle de fauteuils qui l'entourait, épiant le moindre de ses mouvements avec intérêt.

La seule chose qui jurait complètement avec le décor était un téléviseur à écran plat qui dominait un des angles du bar. Il diffusait un match de football américain et Alice reconnut les couleurs de l'équipe des Saints. De bon augure, si les informations de Ciprian étaient fiables.

Alice se sentit observée par les autres clients pendant quelques instants, mais aucun fracas ne vint interrompre les divertissements.

« Souhaitez-vous découvrir les talents plus intimes de certaines de nos hôtesses ? » demanda la jeune fille à Rhys, qui la toisa.

« Nan », dit-il. « On vient juste prendre un verre, rien d'autre.

— Comme vous le souhaitez. »

Elle les guida jusqu'au bar et leur indiqua une longue rangée de fauteuils inoccupés. Dès qu'ils furent installés, elle passa derrière le bar pour appeler un homme caché derrière un rideau de perles d'argent.

Alice accepta le verre d'eau que lui servit l'hôtesse et se pencha vers Aeric.

« Tu sais lire les auras ? » murmura-t-elle.

« Mal », avoua-t-il. « Pourquoi ? Tu as repéré quelque chose ?

— La personne qui se trouve derrière ce rideau est très puissante », dit-elle en penchant la tête vers le fond de la pièce. « À mon avis, il se pourrait bien que ce soit notre homme. Ou au moins quelqu'un qui saura où le trouver. »

L'homme mystère saisit cette occasion de faire son apparition et prit position derrière le bar. Il s'agissait bien de Kieran, cela ne faisait aucun doute – les photos qu'Alice avait vues ne rendaient justice ni à ses cheveux d'un blond-argent, ni à ses yeux verts et encore moins à son allure féroce. Alice et Écho s'échangèrent quelques grimaces ; Kieran était beaucoup, beaucoup trop beau.

La main d'Aeric la fit sursauter en se posant sur sa cuisse.

« Désolée », dit Alice. « Il... Je... C'est déroutant ! »

— C'est de la magie de Fée », lui dit Gabriel. « Ils utilisent leur glamour pour attirer les gens, obtenir ce qu'ils veulent. La plupart d'entre eux ne s'en rendent même pas compte, mais celui-là met le paquet. Toutes les filles de ce lupanar doivent être sous le charme, trop attirées et estomaquées pour parler de lui à qui que ce soit.

— C'est un bon plan », dit Asher qui avait toujours l'esprit pratique.

« Et... on fait quoi, maintenant ? » demanda Écho. « On se contente de... »

Rhys l'interrompit.

« Yo ! » lança-t-il à Kieran. « On discute ? »

Kieran posa sur eux son regard d'un insondable vert émeraude, les étudiant un moment, puis il s'approcha. Même sa démarche était prétentieuse et excessivement virile, c'en était ridicule.

« Il vous faut un verre ? » demanda-t-il d'un accent irlandais léger et chantant.

« Une tournée de pintes », dit Rhys en le détaillant des pieds à la tête.

« Je vous apporte ça », dit Kieran en s'approchant d'une pompe d'où il tira le liquide ambré. « C'est une cuvée de Fée, alors allez-y doucement, hein ? Elle est traître.

— Vous n'êtes pas facile à trouver, vous savez », lui dit Rhys en reposant son verre après sa première gorgée.

Kieran s'interrompit avant de servir la troisième pinte et l'observa avec curiosité.

« Je ne suis personne », dit Kieran. « Rien qu'un barman, l'ami.

— Non, ça, je ne crois pas », fit Gabriel. « Vous êtes...

— Ah ah ah », s'esclaffa Kieran en plaçant brusquement une pinte devant Gabriel. « Arrête-toi là. Les noms ont beaucoup de pouvoirs dans un endroit comme celui-là, si tu vois où je veux en venir. »

Sa façon de balayer la pièce du regard, calme mais soupçonneuse, donna à Alice la certitude que de nombreux sorts flottaient dans les environs, qui seraient activés par les mots *Kieran le Gris.*

« Je comprends », dit Gabriel.

Kieran secoua la tête et servit le reste des pintes en silence.

« Il vous faut autre chose ? » demanda-t-il en perchant un torchon à son épaule. Son imitation de barman était vraiment parfaite.

« Ouais, le nom de Père Mal te dit quelque chose ? » lui demanda Asher, sans s'embarrasser de fioritures. « J'imagine que ça ne t'intéresse pas plus que ça de tomber dans ses filets. On pourrait s'entraider.

— Et je peux savoir qui vous êtes ? » demanda Kieran en les désignant tous du doigt.

« Les Gardiens Alpha.

— Aaah, les protecteurs de la ville », se moqua-t-il. « Je vois. Eh bien, j'ai bien peur de ne pas avoir besoin qu'on me protège. Je m'en sors très bien ici, comme vous pouvez le voir. Je m'en sortirais encore mieux si vous pouviez déguerpir et arrêter d'attirer l'attention, hein ?

— Si Père Mal te met la main dessus, ce n'est pas juste la ville qu'il faudra protéger », intervint Rhys avant qu'un brouhaha dans un coin de la pièce n'attire l'attention de tout le monde.

Les portes dorées s'ouvrirent et les deux domestiques entrèrent, les mains en l'air. Derrière eux, deux dizaines de gros bras en costumes noirs s'invitaient à la fête.

« Quand on parle du loup... », souffla Kieran. « Vous voyez ce que vous m'avez ramené ?

— Passez tous derrière le bar », dit Aeric en tirant par le bras Alice et Écho.

Les Gardiens affrontèrent leurs assaillants, mais se retrouvèrent vite dépassés. Deux clients tentèrent d'enrayer cette invasion, mais un des hommes de Père Mal sortit un revolver et en abattit un à bout portant. Les autres témoins se collèrent contre les murs, tentant de disparaître, et il ne restait plus que les Gardiens pour empêcher Kieran de se faire capturer.

Kieran surprit Alice en les poussant, elle et Écho, pour s'engager sans hésitation dans la bataille. Le prince Fée était gigantesque, dépassant même Aeric de quelques centimètres, et il se battait avec panache. D'autres hommes de main débarquèrent, prolongeant les affrontements, repoussant Kieran et les Gardiens jusqu'à les piéger contre le bar.

Mais Gabriel tira de sa manche un sort aveuglant, d'une lumière bleue, qui les débarrassa de la moitié de leurs ennemis. Kieran enchaîna avec un sort doré. La chance avait tourné et le sol fut bientôt jonché de brutes mortes ou inconscientes.

Aeric s'étira le cou, lançant à Alice un sourire satisfait. Kieran s'essuya le front en souriant.

« J'adore les bastons de jour de match », dit-il. « Surtout, quand les Saints ne gagnent pas.

— Alors tu viens avec nous ? Tu pourras regarder la fin du match en sécurité », grogna Rhys.

« Oh, si seulement c'était si simple. Ce serait mieux que vous dégagiez. Les autres arriveront bientôt.

— Quels autres ? » demanda Aeric.

« Il semblerait que Kieran est merdé, qu'il est montré sa tronche là où il fallait pas », dit-il en levant dramatiquement les yeux au ciel. « Il en viendra d'autres.

— Tu veux dire que ... tu n'es pas Kieran ? » demanda Alice, un peu perdue.

L'homme lui adressa un clin d'œil.

« Ah, ça non », dit-il.

Et là, dans un moment parfaitement inoubliable de

complet surréalisme, son sosie entra dans la pièce, balayant la pièce du regard, le front plissé.

« Père Mal est passé, alors ? » demanda le second Kieran.

« T'étais où frangin ? » répondit l'autre.

« Frangin ? » s'étouffa Écho, les yeux écarquillés. « Mon Dieu, il y en a deux comme ça ? »

Les deux hommes se tournèrent vers elle, avec le même sourire électrisant.

« Ouais », firent-ils à l'unisson.

« Assez de ces conneries », gronda Gabriel. Il sortit son revolver et les abattit tous les deux, tirant un cri d'Alice. Tous les deux tombèrent comme des pierres, leurs expressions mutines disparaissant en l'espace d'un instant.

« Tu fous quoi ? » demandèrent Alice et Écho.

« C'est rien qu'un tranquillisant », dit Gabriel. « Juste le temps qu'on les transporte. Pas moyen qu'on les laisse traîner dans le coin et se faire attraper. C'est juste une précaution.

— Sortons-les de là », dit Rhys. Les quatre Gardiens soulevèrent chacun un côté de fée et, tandis qu'Alice et Écho fermaient la marche, ils se frayèrent un chemin entre les cadavres qui jonchaient le sol du bordel.

« Ça, on peut dire qu'on en a eu pour notre argent », murmura Écho, qui fit pouffer Alice.

Les pensées d'Alice se dispersaient déjà. Elle admirait ouvertement le petit cul d'Aeric qui portait un des jumeaux devant elle. C'est vrai que cela avait été une sacrée aventure.

Mais elle était sûre qu'une aventure encore meilleure l'attendait au Manoir... dans leur chambre.

S'en délectant d'avance, elle se dépêcha de suivre son homme.

CHAPITRE 9

Alice rit bruyamment quand Aeric l'attira, encore toute couverte de sueur, contre lui. Elle collait son dos contre le torse d'Aeric et il en profitait. Il enfouit son visage contre son cou, la chatouillant avec sa barbe naissante tandis qu'il la caressait de ses lèvres. Ses seins se dressèrent et une sensation de chaleur envahit son ventre, alors que son dernier orgasme ne datait que de quelques minutes.

« Tu es déjà prêt à recommencer ? » demanda-t-elle en se mordant la lèvre. Comme prévu, elle lui avait arraché son smoking dès leur arrivée et aucun d'entre eux ne s'était économisé. Le jour allait bientôt se lever désormais et il l'avait complètement épuisée... mais il la rendait encore folle.

« J'ai toujours envie de toi », lui murmura-t-il

contre sa nuque. « J'avais fini par renoncer, je ne pensais jamais connaître ce genre de connexion, comme celle que j'ai avec toi. Toutes ces nouvelles sensations me troublent, mais elles m'excitent aussi. Tu ne déplais pas non plus à l'ours ni au dragon. »

Cette dernière phrase n'était pas qu'un trait d'humour. Alice pouvait voir l'ours ou le dragon quand ils étaient près de la surface, sentir les altérations de la personnalité et des désirs d'Aeric. Il se parait d'infinies facettes, de nouvelles aspérités qu'Alice adorait explorer à chaque fois qu'ils parlaient, qu'ils s'embrassaient ou même simplement à chaque fois qu'ils se regardaient quelques instants.

Une sensation enivrante.

Il lui faisait un peu peur malgré tout, lui donnait envie de confesser tout son passé afin de vérifier la solidité de ce nouveau lien qui n'était peut-être rien de plus qu'une amourette. Allaient-ils résister à la vérité ?

« C'est moi qui t'ai maudit, qui t'ai changé en dragon. » Alice avait prononcé ces mots sans y réfléchir. Les lèvres d'Aeric s'immobilisèrent, ses doigts se crispèrent contre ses côtes.

« Qu'est-ce que tu veux dire ? »

Alice se retourna pour étudier son expression.

« Je t'ai parlé des Furies, de nos pouvoirs et de nos... limites.

— Tu parles de tes histoires absurdes d'amants maudits ? Oui, tu m'en as parlé. »

Alice secoua doucement la tête.

« Il n'y a pas que ça. Pour obtenir tous nos pouvoirs, pour devenir une sorte de déesse, nous devons trouver notre âme sœur et la tuer. Le sacrifice est assez puissant pour changer une moitié d'humaine comme moi en divinité. »

Aeric resta songeur un moment.

« Je ne vois pas le rapport avec mon dragon.

— Je devais te tuer. Cette nuit-là, quand ta maison s'est effondrée autour de toi et que le dragon est apparu, j'étais là. Ma mère voulait que je te tue, elle disait qu'elle me renierait autrement. » Alice marqua une pause. « Je ne pouvais évidemment pas le faire. Je t'ai tout de même jeté un sort, pour l'apaiser. »

Un sourire étrange étirait les lèvres d'Aeric.

« Et tu n'as rien trouvé de pire que de me changer en créature féroce et invincible ? »

Alice ne put s'empêcher de sourire.

« Eh bien... Déjà à l'époque, en te découvrant, j'étais incapable de te faire du mal.

— Pourquoi tu n'es pas restée avec moi ? » demanda Aeric. « Tu avais vraiment peur que je te tue ? Tu sais bien que c'est absurde, non ? »

Alice secoua la tête.

« Ma mère m'a dit que tu allais me détester, qu'on te pourchasserait, qu'on ne te laisserait jamais en paix et que tu me le reprocherais. »

Aeric resta un instant silencieux.

« Bien sûr, des hommes ont tenté de me tuer. Et c'est vrai que je ne me suis jamais senti apaisé, mais je crois que c'était en partie parce que je t'attendais. Pour le reste... » Il se pencha vers elle et posa les lèvres contre les siennes. « Je trouve que ce dragon était un cadeau merveilleux. Ma vie d'homme se serait terminée il y a bien longtemps sans lui. Je n'aurais jamais rien su de la magie, n'aurais jamais connu l'ours... Le dragon m'a beaucoup apporté. »

Ils se turent un long moment, tous deux perdus dans leurs pensées.

« Je t'ai observé, tu sais.

— Dans le miroir divinatoire, oui, tu me l'as dit. Et tu me rendais visite dans mes rêves...

— Non, je veux dire que ... je venais te trouver et je te regardais de loin. L'espace d'une heure ou de quelques jours parfois, j'espérais toujours que tu partes à ma recherche, que l'on puisse bientôt être ensemble. Peu importe les conséquences. »

Le front d'Aeric se plissa.

« Pourquoi tu n'as jamais essayé de lever cette

malédiction, si tu t'imaginais vraiment que mon dragon en était une ? »

Alice se mordit la lèvre.

« J'étais égoïste », admit-elle. « Si j'avais levé le sort, si je t'avais retiré le dragon, cela aurait déclenché une réaction en chaîne. Je pensais que tous mes souvenirs de toi auraient disparu, toutes les fois où je suis venue te voir. Je ne pouvais pas le permettre. Je ne voulais pas risquer de te voir devenir un étranger, risquer de te perdre. »

C'était comme si Aeric venait de recevoir un coup dans le ventre.

« Tu crois que c'est possible ? » lâcha-t-il.

« Si la malédiction était levée ? Je pense, oui. Heureusement, ce n'est jamais arrivé », dit Alice en haussant les épaules.

Aeric la serra contre lui, l'enveloppant de ses bras.

« J'en mourrais », murmura-t-il.

Alice lui baisa l'épaule. Après un instant, elle ajouta : « Je reviendrai toujours vers toi, quoi qu'il arrive. Je veux que tu le saches. Quoi qu'il arrive. »

Les lèvres d'Aeric se collèrent aux siennes, ses mains plongeant dans ses longs cheveux. Il ne parlait plus, mais ce n'était pas nécessaire. Alice sentait la colère et la frustration sourde en lui, sa fureur devant l'insistance d'Alice, qui répétait qu'il la perdrait.

Alice l'embrassa à son tour, lui fit sauvagement l'amour. Maintenant qu'il lui appartenait de toute son âme, qu'elle le laissait aussi prendre possession d'elle, elle comprenait ses craintes. Elle les ressentait aussi, au plus profond de son cœur. Plus elle se mêlait à lui, plus elle s'effrayait.

Mais il n'y avait rien à faire. Même une Furie ne pouvait rien contre le destin et le destin avait déjà rendu son verdict.

Alice allait mourir et laisser Aeric derrière elle.

Alice se tenait devant la grande baie vitrée de la chambre d'Aeric et elle observait les lumières de la ville au loin. La lune lévitait dans un sombre firmament, pleine et lourde, dominant avec mélancolie les habitants de La Nouvelle-Orléans.

Derrière elle, Aeric dormait profondément. D'un coup d'œil par-dessus l'épaule, elle devina sa silhouette musclée, étendue sur le lit, nue comme avant le péché originel. Elle le regarda un moment, puis se retourna devant la fenêtre. Ses dents tiraillaient sa lèvre inférieure ; elle se demandait ce qui l'empêchait de dormir. Une vague appréhension, un goût amer dans le fond de la gorge. Une agitation, un pressentiment...

La lune continuait de briller, sans pour autant

révéler à Alice tout ce qu'elle désirait si désespérément savoir. Une étrange sensation naissait dans le creux de son ventre, une sensation éternelle et reconnaissable entre toutes... ses pouvoirs de Furie tentaient de s'éveiller, spontanément. Si elle avait achevé le rituel, si elle était devenue une Furie à part entière, cette agitation lui aurait indiqué une mission, un impérieux besoin de vengeance qui l'aurait conquise sans même qu'Alice ait eu son mot à dire.

Puisqu'elle ne s'était pas transformée en déesse, elle ne pouvait employer que des bribes de pouvoirs, des fragments qu'elle ne contrôlait que brièvement. Jamais, depuis qu'elle avait déserté Tisiphone, sa part de Furie ne s'était pourtant manifestée de la sorte.

C'était une sensation perturbante, ce n'était rien de le dire.

Alice inclina la tête. Un bruit léger provenant du couloir l'éloigna de la fenêtre et elle quitta la chambre pieds nus. Elle s'approcha de l'escalier, curieuse. À sa grande surprise, elle découvrit Écho, Kira et Cassie réunies dans le vestibule, en plein conciliabule.

« Toi non plus ? » demanda Cassie quand elle vit Alice qui descendait les rejoindre. Caressant son ventre, Cassie grimaça. « Aucune d'entre nous n'arrive à dormir. Il se passe quelque chose ce soir.

— Toutes ces nanas avec leurs prémonitions... » plaisanta Kira en secouant la tête.

« Ouais, et pendant ce temps-là tous les Gardiens dorment paisiblement », dit Écho en gloussant.

« Asher est en patrouille », soupira Kira. « Je lui ai envoyé un message il y a quelques minutes lui demandant de rentrer au Manoir. J'ai vraiment un mauvais pressentiment... »

Alice perdit le fil de la conversation. Ses pouvoirs s'agitaient à nouveau, la Furie en elle impatiente et affamée. Prête à semer le chaos, à arracher l'âme d'une pauvre créature. La menace qu'elle sentait peser sur elle depuis le début de la nuit s'intensifia, encore et encore, jusqu'à lui emplir la poitrine. Elle s'en étouffait, l'air plein d'une lourde anticipation.

Dans la bouche, elle goûtait la saveur métallique du sang, salée et amère. Elle comprit dès cet instant qu'Alice ne reverrait plus Aeric.

En un clin d'œil, tout était clair. Bientôt, sa Furie s'éveillerait. Alice allait disparaître, laissant Alissandre prendre sa place et elle détruirait tout sur son passage.

Alice s'éloigna des autres femmes, n'écoutant aucune de leurs protestations, et ouvrit la porte d'entrée. Ses mouvements étaient maladroits, forcés. Elle lutta contre cet ouragan qui lui secouait le cœur aussi longtemps qu'elle le pût, se hâtant de descendre les marches du perron et d'atteindre la rue. Quitter la cour du Manoir lui donna l'impression d'abandonner un manteau de fourrure en plein été ; elle soupira presque de soulagement.

Alice tenta un dernier regard en direction du Manoir, espérant revoir Aeric une dernière fois, l'embrasser encore une fois. Lui murmurer des mots doux, des choses qu'elle n'avait pas eu le courage de lui dire, car cela aurait été trop douloureux. Quelle idiote, elle s'était imaginée avoir assez de temps pour tout cela.

Elle vit que Cassie la suivait.

« Ne t'approche pas ! » cria-t-elle. Alice la stoppa d'un mouvement de la main – elle ne savait pas du tout ce qui allait se produire, mais Cassie devait s'enfuir et loin. .

Tournant le dos à son amie, elle resta sur le trottoir et attendit. Quelques instants s'écoulèrent, son cœur battait le tambour dans sa poitrine, et Alice frissonna en sentant une puissance sauvage dans ses entrailles, enflant et cognant au rythme des battements de son cœur. Elle serra les poings en entendant la première explosion, à une trentaine de mètres. Un sort brutal frappa un des arbres les plus proches, il illumina la nuit humide d'une vague d'étincelles rouges et ardentes.

Enfin, le commencement.

Les filles sortirent toutes du Manoir, n'osant pas sortir de la cour. C'était mieux ainsi – Alice comptait bien régler tout cela à l'extérieur de leur domaine. La rue devant elle entra soudain en éruption, des brutes en costumes noirs débarquèrent, accompagnées de moines pâles en robes sombres. De tous côtés, des mages parés de couleurs vives faisaient également leur apparition et jetaient des sorts en direction de la cour. Plusieurs loups garous immondes rôdaient dans la rue et se précipitaient en direction d'Alice.

Pour couronner le tout, des morts-vivants, au regard aveugle et vide, titubaient le long des trottoirs, d'une inflexible détermination. Ils étaient lents, mais efficaces ; d'une morsure ou d'une griffure, ils infectaient facilement les hommes.

Les lèvres d'Alice se retroussèrent lentement, formant un étrange sourire. Son pouvoir prenait le pas, la secouant par vagues, illuminant sa peau d'une lueur argentée. Un sort lui frappa l'épaule et y glissa, sans l'affecter. Ses doigts fourmillaient et elle savait ce qui allait arriver. Elle sentit le métal froid avant de la voir, cette épée longue et flamboyante qui s'était matérialisée entre ses mains comme un tison ardent et céleste. Elle la soupesa d'une seule main – une arme parfaitement équilibrée.

Jamais elle ne s'était sentie aussi sûre d'elle. Elle se

lança contre un mage qui s'approchait, les mains électrisées par un sort, et l'empala sur sa lame. Dès que l'épée perça sa chair, il hurla et disparut dans un nuage de flammes noires, vaincu en un clin d'œil.

Jusqu'à cet instant, Alice n'avait jamais vraiment ressenti les émotions d'une Furie. Toutes les drogues palissaient en comparaison de ce qui coulaient désormais dans ses veines et un profond rire la secoua.

« Vous allez devoir trouver mieux que ça », souffla Alice.

Derrière elle, elle sentit la présence d'Aeric dans la cour. Tandis qu'elle s'avançait, prête à lancer la lumineuse boule d'énergie qu'elle créait du bout des doigts, elle savait que les Gardiens étaient en train de passer à l'action.

Alice s'abandonna dans la bataille, quelque chose qu'elle n'avait jamais osé faire auparavant. Son champ de vision se restreignait aux ennemis qui lui faisaient face, bloquant tout le reste pendant qu'elle jetait ses sorts et qu'elle maniait l'épée. Des flammes jaillissaient dans les airs, encore et encore, le feu intensifiant sa folie, une soif de sang la consumant peu à peu.

À travers le voile rouge qui troublait sa vue, Alice discerna les formes velues de plusieurs ours. Les Gardiens s'étaient tous métamorphosés et déchiquetaient des myriades d'assaillants – féroces et effrayants à leur manière. Après une longue série de meurtres satisfaisants, Alice fut distraite par les hurlements enragés d'un des ours.

Elle tourna légèrement la tête vers la gauche, sans perdre de vue l'homme de main qu'elle affrontait. Un ours était en train de rugir et de se débattre, plusieurs mages s'efforçaient de le garder prisonnier d'un champ de force. Ce n'était pas Aeric ; Alice pouvait le sentir. Elle se dit qu'il devait s'agir de Gabriel, mais elle ne pouvait pas en être sûre. Au clair de lune, tous les ours sont gris.

Une fois débarrassée de l'abruti en costume et de deux zombies, Alice comprit que l'ours ne s'inquiétait pas de son propre sort, mais d'une scène qui se déroulait plus près du Manoir. Les sorts de protection avaient dû céder et plusieurs zombies encerclaient Cassie qui tentait de leur jeter des sorts, mais ils se consumaient avant qu'elle puisse les lancer. Elle parvenait tout juste à les tenir à distance et les lumières vives, les décharges électriques, ne les effraieraient bientôt plus.

« Cassie », murmura Alice. Elle décrivit un grand cercle avec son épée, repoussant quelques assaillants, et elle prépara un puissant sort incapacitant. Elle le lança en direction des zombies qui entouraient Cassie et ils battirent en retraite en quelques instants. Un mage à la robe rouge surgit, saisit Cassie par-derrière et lui passa un bras autour du cou. Il la traînait avec lui et Alice s'inquiéta.

Elle fouilla les alentours du regard à la recherche de son compagnon.

« Aeric ! Aide Cassie ! » cria-t-elle.

Le magnifique ours brun d'Aeric luttait sous le poids de plusieurs morts-vivants. Il en déchiqueta un et en repoussa deux autres avant de s'élancer vers Cassie suivant la volonté d'Alice. Quand une dizaine d'hommes s'interposèrent entre lui et Cassie, Aeric s'arrêta.

Alice comprit qu'il allait changer de forme quelques instants avant qu'il ne le fasse. Tout son corps se mit à scintiller et disparut dans un nuage brillant qui enfla dans la nuit avant de finalement révéler le dragon d'Aeric. D'une hauteur de quinze mètres – trente mètres d'amplitude entre les extrémités de ses ailes aux écailles dorées –, il brillait d'un or incandescent, sa longue gueule et ses dents acérées luisaient sous des yeux d'un bleu lumineux qu'Alice aurait reconnu n'importe où.

Il lui coupait le souffle.

Il la regarda, puis il se tourna vers Cassie. Il prit une profonde inspiration qui fit onduler les écailles sur son ventre et il projeta un énorme jet de flammes orange – la teinte exacte des flammes de l'épée d'Alice, qui le remarqua avec affection. Les flammes brûlèrent une dizaine d'hommes au moins, des mages, des moines et des zombies. Ils se dispersèrent, hurlant de douleur, et coururent dans toutes les directions, enflammant au passage certains de leurs camarades.

Cassie hurla et attira l'attention de tout le monde. Aeric se jeta vers elle, il repoussa de ses ailes tous ceux qui se trouvaient sur son passage et en dévora d'autres entre ses mâchoires. L'atrocité de ce geste noua l'estomac d'Alice, qui venait pourtant d'étriper un homme avec son épée. Voir son compagnon dans sa forme la plus primaire l'inquiétait, elle craignait pour la sécurité d'Aeric.

Alice se plaça dans le sillage du dragon et, quand il fit volte-face pour se frayer un chemin, elle se lança. Sa Furie était attirée par le mage qui détenait Cassie ; elle goûtait déjà la douce et sombre justice qui accompagnerait sa mort. Alice leva l'épée au-dessus de son épaule et la lança comme un javelot suivant une trajectoire arquée.

Cassie hurla comme jamais en voyant l'épée enflammée s'abattre près d'elle et décapiter le mage. Elle ne toucha rien d'autre – Cassie n'avait pas une égratignure – et, quand un de leurs ennemis tenta de la ramasser, l'épée le consuma entièrement dans une explosion de flammes.

Cassie put s'échapper et courir rejoindre un des ours, sans doute son compagnon. L'ours s'accroupit, se métamorphosa et Gabriel apparut, nu comme au jour de sa naissance. Sans réfléchir, il prit Cassie dans ses bras et courut vers Mère Marie qui l'appelait. Quand Gabriel déposa Cassie à ses pieds, la sorcière blanche l'enveloppa d'un sort de protection pourpre et renvoya Gabriel dans la bataille.

Cette distraction faillit coûter la vie à Alice ou en tout cas un beau morceau de chair. Elle se retourna juste à temps pour éviter une flèche enflammée qui lui effleura l'épaule – elle sentit sa peau se couvrir de cloques. Ses défenses semblaient apparemment avoir besoin de toute sa concentration, au moins pour la protéger des objets sifflant dans l'air.

Alice fut à nouveau happée par les combats pendant quelques minutes. Elle s'étonna enfin de l'ampleur de l'attaque ; il devait y avoir plusieurs centaines d'assaillants qui prenaient tous le Manoir d'assaut. Les Gardiens parvenaient tant bien que mal à les repousser, mais quatre Gardiens et trois compagnes ne suffisaient pas à composer une armée. Un son qui glaça le sang d'Alice interrompit le fil de ses pensées.

Elle fit volte-face, transperçant l'épaule d'un

homme en essayant de reprendre son souffle. À moins de quarante mètres de là, Aeric était encerclé. L'importance du dragon n'avait échappé à personne et tous leurs hommes se concentraient sur lui. Plus de trente mercenaires lui couvraient déjà le corps, lui assénant leurs coups et plantant leurs lames entre ses écailles, tentant d'en venir à bout.

Un homme tenant une épée maléfique dont émanait une lumière bleuâtre s'était hissé sous les ailes d'Aeric et lui avait planté sa lame dans le bas du ventre, à la jonction entre sa cuisse et son buste. Aeric hurlait.

Un cri de douleur et de fureur mêlées qui avait immédiatement capté toute l'attention d'Alice. Aeric s'effondra comme un zeppelin, crachant le feu et hurlant sa douleur. Tout paraissait se dérouler au ralenti.

Alice ouvrit la bouche et émit une note stridente.

Son chant, mélodie de destruction, s'amplifia. Tout son corps en fut secoué, des points de lumières envahissaient son champ de vision. Elle pencha la tête en arrière et déversa ce flot de musique, ses notes faisant tomber le monde entier à ses pieds. Alice continua, encore et encore, y abandonnant tout ce qu'elle avait en elle – la Furie libérait ses dernières forces dans une démonstration finale de son incomparable puissance.

Tout autour d'elle, les corps s'effondraient. La Furie

ne s'embarrassait pas de savoir s'il s'agissait d'amis ou d'ennemis ; elle ne voulait que protéger son compagnon, son amour. Son chant brûlait haut et fort, lui secouant le corps, libérant Alice de cette frêle forme humaine qu'elle avait revêtue toute sa vie. Elle sentit intensément son âme se séparer de son esprit, mais elle ne pouvait plus l'empêcher.

Sa mélodie s'interrompit sur une belle note funèbre, arrachant Alice au royaume des hommes dans un dernier et douloureux soubresaut. Elle vit Aeric étendu sur le flanc, elle aperçut les mouvements de son torse, et comprit qu'il respirait encore, elle était satisfaite. S'il fallait qu'elle meure, elle mourrait en sauvant son âme sœur.

Alice lâcha prise, se laissa happer de l'autre côté du Voile par cette atmosphère épaisse.

Son dernier acte venait de s'achever.

CHAPITRE 10

Aeric se réveilla en poussant un rugissement exténué. Agité, il repoussa les couvertures qui lui entravaient les bras et les jambes. Le cœur battant, il était dans un état de panique pure, son dragon et son ours enrageaient.

« Alice ! » cria-t-il.

Il se trouvait dans une chambre qu'il ne connaissait pas, emmailloté dans ce lit comme une momie. Toute la pièce était d'un blanc éclatant ; le parfum de produits chimiques astringents lui indiquait qu'il s'agissait d'une sorte d'hôpital.

« Où je suis ? » exigea-t-il de savoir. « Où est Alice ?

— Ne te métamorphose pas à nouveau », dit Mère

Marie qui apparut à son chevet. Elle tenait à la main une serviette humide et l'observait d'un œil critique. « Et arrête de te débattre comme ça. Tu es gravement blessé. »

Cette dernière partie était vraie. La douleur lui déchirait tout le côté droit et, quand il parvint à se dégager de la couverture, il vit qu'un bandage le couvrait des côtes jusqu'à la hanche.

Laissant Aeric examiner ses plaies, Mère Marie se tourna et appela une infirmière : « Allez chercher le Docteur Khouri ! Il est réveillé !

— Où est Alice ? » répéta Aeric en attrapant les tubes qui lui couraient le long de l'avant-bras.

Mère Marie hésitait à ouvrir la bouche et Aeric sentit une boule se former au creux de son estomac, mais avant qu'elle ne puisse répondre, une belle femme venue du Moyen-Orient débarqua dans la pièce en blouse blanche.

« Ah, vous êtes réveillé. Je savais que vous nous rejoindriez tôt au tard », dit-elle avec un net accent britannique. « Je suis le Docteur Khouri et vous vous trouvez à la clinique de la pleine lune, l'hôpital paranormal du Marché Gris. Si vous voulez bien arrêter de tirer sur votre perfusion, s'il vous plaît. Il a fallu des heures aux infirmières pour vous les installer parce que vous n'arrêtiez pas de changer de forme. Je vais prendre votre pression artérielle. »

Devant l'insistance douce, mais ferme du docteur, Aeric se vit contraint de se rasseoir et d'attendre qu'elle ait terminé. Une fois qu'elle eût vérifié tous ces signes vitaux et qu'ils parurent la satisfaire, il reposa ses questions.

« Où est ma compagne ? Où est Alice ? » Il n'était pas fier des intonations suppliantes de sa voix, mais il n'en pouvait plus d'attendre une réponse.

Le docteur prit une courte inspiration et fit une moue triste.

« J'ai bien peur de ne pas encore pouvoir vous laisser la voir. Vous n'êtes pas encore assez en forme et votre compagne ne s'est pas encore réveillée. »

Il lut quelque chose dans son regard et comprit qu'elle ne lui racontait pas toute l'histoire. Il regarda Mère Marie et vit la même expression sur son visage.

« Comment cela, elle n'est pas réveillée ? »

Mère Marie tendait une main pour la poser sur la sienne.

« Quand elle a vu que tu étais blessé, il lui est arrivé quelque chose... En fait, nous ne savons pas exactement. Mais c'était un traumatisme. Il y a eu un grand flash de lumière et tout le monde s'est effondré. C'était l'œuvre d'Alice, nous en sommes presque sûrs.

Tous nos ennemis sont tombés raides morts comme une poignée de clous et nous nous sommes tous évanouis. Alice et toi, êtes les derniers à vous réveiller. »

Grimaçant, Aeric s'agita et commença se redresser.

« Retirez-moi cette perfusion ou je vais l'arracher », dit-il en essayant désespérément de rester calme. « J'irai la voir maintenant avec ou sans votre aide. »

Mère Marie et le docteur échangèrent un regard. Après un instant, le Docteur Khouri acquiesça légèrement et lui retira l'aiguille.

« Attendez, laissez-moi... » tenta le docteur, mais à la seconde où elle libéra Aeric, il se jeta vers la porte.

Mère Marie le suivit de près, le guidant dans la bonne direction – Aeric déambulait pieds nus dans les couloirs. Il se rendait bien compte qu'il ne portait qu'une fine chemise d'hôpital et qu'il devait avoir des allures de fou. Mais ce n'était pas vraiment une fausse impression, n'est-ce pas ? Il se sentait déjà sombrer dans la folie sans elle.

La chambre d'Alice ne se trouvait qu'à quelques mètres de la sienne. Quand il en franchit la porte, il trouva Cassie et Écho installées dans les fauteuils de l'autre côté du lit. Alice, qui portait la même chemise en coton que lui, était étendue sur ce lit comme elle l'avait été à l'intérieur du cercueil dans lequel il l'avait trouvée.

Elle avait l'air d'être prête pour ses propres funérailles. Ses longs cheveux noirs formaient une masse soyeuse ; sa peau était d'une pâleur surnaturelle, ses lèvres trop brillantes, ses yeux clos. Aeric trébucha jusqu'à son lit et serra ses mains entre les siennes.

« Elle a la peau froide », dit-il. Se retournant pour s'adresser au docteur, il demanda : « Pourquoi a-t-elle la peau froide ? »

Le docteur soupira légèrement.

« Nous ne sommes sûrs de rien », admit-elle. « Il ne s'agit pas d'un coma... Et elle respire encore. Elle ne... se réveille tout simplement pas.

— Nous avons essayé tout ce qui est imaginable », dit Mère Marie. « Personne ne sait ce qu'elle a. »

Aeric acquiesça tristement en regardant Alice. Elle restait parfaitement immobile, sa poitrine marquant simplement le rythme léger de sa respiration.

« C'est une malédiction. Elle a essayé de me prévenir... » Sa voix se brisa. « Elle disait que le compagnon d'une Furie la mènerait toujours à sa perte, sans exception. Je n'ai pas voulu la croire... »

Le Docteur Khouri s'approcha et posa sa main sur le bras d'Aeric.

« Elle est encore en vie », lui rappela-t-elle doucement. « Il nous reste encore de l'espoir. Peut-être un rituel... Je ne sais pas. »

Un rituel. Aeric pouvait comprendre ce genre de choses, les rituels lui étaient familiers. Il fouillait déjà la chambre du regard à la recherche d'un objet pointu et attrapa brusquement une paire de ciseaux médicaux qu'il tira du matériel des infirmières. Avant qu'on puisse l'en empêcher, Aeric s'était entaillé la paume.

Dégoulinant de sang, il tendit la main pour la poser contre la gorge d'Alice, aussi près du cœur qu'il le pouvait sans lui arracher sa chemise.

Il attendit plein d'espoir, mais rien ne se passa. Alice ne frémit même pas. Dérouté, Aeric leva les yeux vers Mère Marie.

« J'aurais pu te dire que ça ne servirait à rien. Il faudra sacrifier bien plus que cela », lui dit la vieille sorcière en retroussant les lèvres.

« Je sacrifie quoi alors ? Je donnerais n'importe quoi. J'échangerais ma vie...

— Waouh, waouh », dit Mère Marie en secouant la tête. « Je ne te laisserai pas faire ça.

— Ce n'est pas comme si tu avais vraiment le choix », lâcha Aeric.

Mère Marie croisa les bras et lui lança un regard noir.

« Eh bien, en fait, si. C'est dans les termes de ton

contrat. Il ne t'est pas permis de te sacrifier inutilement. Si tu essaies malgré tout, je t'en empêcherai. Nous trouverons un autre moyen.

— Alice... » commença Cassie avant de se mordre la lèvre. « Alice ne disait pas que c'était elle qui t'avait maudit, qui t'avait changé en dragon ? »

Aeric la fixa, curieux.

« Si.

— Alors... Et si... je veux dire, ça va vous paraître fou, mais vous ne pensez pas que ce serait le sacrifice le plus logique ? » Cassie retroussa les narines. « Je sais, c'est dur, mais...

— Je vais le faire. » Aeric n'avait même pas à y réfléchir. Il se tourna vers Mère Marie. « Comme je fais ? »

Marie inclina la tête.

« Je pense qu'il faudra que tu demandes à Écho de t'emmener de l'autre côté du voile, dans le royaume des esprits. »

Aeric se tourna vers Echo.

« Je te ferai passer, bien sûr, sans problèmes, mais ce sera à toi de la ramener.

— Allons-y », dit Aeric sans un instant d'hésitation.

Écho se leva et s'approcha de lui. Aeric saisit la main qu'elle lui tendit. Elle ferma les yeux et leva son autre main devant elle. Pendant quelques instants, elle parut complètement folle, visualisant des choses qu'Aeric n'imaginait pas.

L'air commença à s'épaissir et à se déformer, tourbillonnant à chaque mouvement de la main d'Écho. Celle-ci ouvrit soudain les yeux. La scène devant eux – Alice sur son lit d'hôpital et Cassie qui l'observait avec un air effrayé – disparut. Un voile de brume blanche se forma et Écho tendit la main pour l'écarter, comme si elle repoussait un rideau.

« Viens », dit Écho d'un ton sinistre. Elle pénétra dans le crépuscule gris qu'ils découvraient de l'autre côté du Voile, tirant Aeric avec elle.

Il se retrouva dans le royaume spirituel, clignant des yeux le temps de s'habituer. Ce monde était sombre et brumeux, sans soleil ni lune. Il discernait des arbres noueux au loin et de la terre sombre et humide à ses pieds, mais rien de plus.

Écho lui lâcha la main.

« Je ne peux pas aller plus loin », lui expliqua-t-elle. « Je dois rester ici pour protéger l'ouverture. Elle va attirer les esprits au bout de quelque temps, alors fais aussi vite que tu peux.

— Mais où je vais ? » demanda Aeric en plissant les yeux.

« Je crois que tu es attendu », dit Écho en pointant du doigt.

Effectivement, une grande silhouette dissimulée sous une cape sombre perça la brume. Aeric s'éloigna d'Écho, les battements de son cœur s'accéléraient à mesure qu'il s'approchait de l'inconnu. Chacun de ses pas lui donnait l'impression de lutter contre du béton, lui demandant toute sa force pour avancer.

Quand il se trouva assez près pour toucher la silhouette, il découvrit un visage. Il s'agissait d'une femme plus âgée qu'une humaine ne pouvait l'être, elle était ridée et déformée. Elle avait pourtant quelque chose de familier.

« Tu es encore en vie », déclara-t-elle, visiblement surprise. Elle avait un lourd accent sans doute venu du Moyen-Orient que n'arrangeait pas sa mâchoire édentée. « J'avais mis en garde ma fille, je lui avais dit de te tuer, d'accomplir son destin de Furie. Et pourtant, nous en sommes arrivés là. »

Elle désigna une tache sombre sur le sol à quelques pas, Aeric la fixa quelques instants avant d'y reconnaître un corps. Alice était étendue là, vêtue de la même cape sombre que la vieille.

« Alice ! » cria-t-il en accourant vers elle. Il s'agenouilla et la retourna vers lui. Elle reposait sans vie, pâle et froide au toucher. Elle respirait pourtant encore, elle était un miroir parfait de son double resté dans le lit d'hôpital.

« Elle ne peut pas t'entendre », siffla la sorcière. « Tu lui as tout volé, comme je l'avais annoncé.

— Je ferai tout », jura Aeric. « Tout pour la ramener. »

La vieille pencha la tête, étudiant Aeric un long moment.

« Elle n'aura ni passé ni avenir sans un sacrifice adéquat. Quelle partie de toi-même serais-tu prêt à donner pour la libérer ?

— Ma vie », dit Aeric. « Je donnerais tout ce que vous voudrez. »

Les lèvres retroussées, la sorcière secoua la tête.

« Je connais ma fille. Elle t'a sauvé la vie plus d'une fois, elle s'est entichée de toi. Elle ne voudra pas retrouver un monde où tu ne seras pas. » Elle marqua une pause. « Sa malédiction, ce dragon à l'intérieur de toi. Tu l'aimes, n'est-ce pas ? »

Aeric inclina la tête. « Oui. »

La sorcière lui adressa un sourire édenté et sinistre. Elle tira de sa cape un long couteau en pierre obsidienne.

« Alors cela fera l'affaire », dit-elle. « Libère ton dragon, relâche-le dans le royaume des esprits et tu retrouveras ta compagne. »

Aeric lui arracha le couteau des mains, frémissant en découvrant la surface glacée et polie. La pierre noire luisait faiblement dans le crépuscule et Aeric, mal à l'aise, sentit son estomac se nouer.

« Directement dans le cœur, je pense », dit la sorcière en croisant les bras, elle n'avait pas vraiment l'air impressionnée.

Aeric ferma les yeux, prit une profonde inspiration et dirigea la lame contre son torse. Il l'agrippa des deux mains et l'enfonça d'un seul coup net.

Un cri strident s'échappa de ses lèvres au moment où le couteau pénétra dans sa chair. Mais la lame n'arrêta pas son cœur, aucun sang ne coula, son corps resta complètement intact. Au lieu de cela, le couteau lui blessa l'âme. Son dragon s'agita, rugit en se sentant arraché de l'essence d'Aeric. Une tristesse immense emplit son cœur quand l'esprit du dragon s'échappa de l'entaille percée par la lame, et ressortit en un mince filet de fumée dorée.

« Arh ! » grogna Aeric. La fumée s'enroula autour de ses épaules, le caressa avec émotion avant de disparaître dans la brume. La vieille tendit la main et retira la dague du torse d'Aeric. Puis, elle le soutint par l'épaule pour qu'il ne s'effondre pas contre Alice.

À ses pieds, Alice s'agita.

« Alice », murmura-t-il d'une voix rauque.

Elle poussa un léger grognement et tenta de se tourner. Aeric se libéra de l'emprise de la sorcière et empoigna sa compagne. Quand elle ouvrit ses grands yeux noisette, encore rempli de sommeil, il la tira contre son torse, l'écrasant presque.

« Que s'est-il passé ? » souffla-t-elle.

« Partez maintenant », tonna la sorcière. « Prends ta femme et allez-vous-en.

— Mère ? » dit Alice, perplexe.

Aeric ne perdit pas un instant. Il se leva en soulevant Alice dans ses bras et partit en courant retrouver Écho.

« Tu as réussi », dit Écho, abasourdie. Elle s'écarta et laissa Aeric emporter Alice de l'autre côté, elle les suivit et referma le Voile. Le corps d'Alice se dissipait dans ses bras, disparaissait. Il ressentit un moment de panique avant de comprendre qu'elle se trouvait toujours sur son lit d'hôpital de l'autre côté.

Aeric pénétra dans la chambre d'un blanc immaculé, ébloui par les lumières vives du royaume des hommes. Mère Marie, Cassie et Docteur Khouri regardaient tour à tour Aeric, Écho et Alice qui s'efforçait de se redresser.

Aeric se fraya un chemin entre toutes ces femmes et alla s'asseoir près d'Alice. Puis il posa ses mains sur celles de la jeune femme. Elle le fixa pendant quelques instants, les yeux remplis de larmes.

« Toi... » murmura-t-elle. « Je te connais, non ? »

Le cœur d'Aeric s'arrêta net.

« Tu es mon âme sœur », dit-il, dérouté. « Bien sûr que tu me connais. »

La lèvre inférieure d'Alice se mit à trembler.

« Je... je suis désolée », dit-elle en laissant échapper un sanglot. « Je ne me souviens pas... »

Évidemment. La malédiction avait été levée... emportant avec elle tous ses souvenirs. Aeric l'attira contre lui et la serra fort.

« Ce n'est rien », murmura-t-il dans ses cheveux. Elle n'offrit aucune résistance, leur laissant tous deux profiter de ce maigre réconfort.

« Je te connais », dit-elle encore. « Je te connais. Je t'ai déjà touché... Mais je ne me rappelle plus...

— Aeric. Je m'appelle Aeric », dit-il. « Et je serai toujours là pour toi, Alice. »

Elle le repoussa un peu pour le regarder. Un sourire timide et étrange illuminait son visage.

« Aeric », dit-il comme pour en tester la sonorité. « Tu es vraiment très séduisant. »

Une larme coula le long de sa joue, la première depuis des siècles. Au même moment, un sentiment d'espoir intense l'envahit. Il l'avait sauvée, c'était tout ce qui lui importait. Le reste viendrait avec le temps.

Après tout, elle lui avait promis qu'elle reviendrait toujours revenir près de lui.

Toujours.

CHAPITRE 11

*L*es muscles de Père Mal se crispèrent de spasmes, le tirant d'un profond sommeil. Il n'avait pas fermé l'œil depuis des jours, depuis que le siège du Manoir avait échoué et que Kieran le Gris lui avait échappé. Un pressentiment lui emplit le ventre avant même qu'il n'ouvre les yeux.

À la seconde où il souleva les paupières, il hurla. Il était allongé dans son lit et tenait entre ses mains une répugnante dague de cérémonie. La même qu'il avait utilisée à de nombreuses reprises pour invoquer Papa Aguiel, pour le voir prendre possession d'un humain.

« Non ! » cria-t-il, mais il était trop tard. Une noirceur remua dans sa poitrine quand il enfonça la dague dans sa chair et un hurlement s'échappa de sa gorge.

Sa conscience s'altéra et s'envola...

Soudain, Papa Aguiel vit au-dessus de lui un plafond blanc. Un sourire lui fendit le visage et il gigota dans sa nouvelle peau, faisant craquer ses os et étirant sa chair pour révéler sa véritable forme. Il sentait déjà la puissance de son hôte. Cela lui avait demandé une grande débauche d'énergie d'utiliser comme peau ce puissant prêtre vaudou plutôt qu'une vierge comme à son habitude, mais cela en valait la peine.

Aguiel savait déjà qu'il lui servirait beaucoup plus longtemps. Il avait des semaines devant lui, peut-être même des mois, avant que ce corps ne s'épuise. Largement assez de temps pour dénicher la peau qu'il voulait, celle qui pourrait le contenir indéfiniment.

Une fois qu'il aurait la fille, il dirigerait le royaume des hommes d'une main de fer. Du ciel tomberaient des gouttes de sang, les rivières déborderaient des corps de ses ennemis et l'humanité allait devoir s'agenouiller devant lui.

Tout était écrit.

Il se mit debout et s'étira – il ne s'était jamais senti aussi bien. Père Mal choisissait ses pyjamas en soie avec goût, il fallait lui reconnaître ça. Si ces vêtements lui allaient, il était probable que Papa Aguiel ait toute une garde-robe à sa disposition, sans même avoir à lever le petit doigt.

Oui, il avait fait le bon choix cette fois.

Son sourire s'élargit quand il s'approcha de la porte de la chambre de Père Mal. Juste à côté du bureau, collée au mur, se trouvait une série de photographies qui représentaient les humains que Père Mal avait pourchassés à la demande de Papa Aguiel.

L'une d'elles montrait deux hommes élégants et identiques, les deux princes fée. Une autre photo révélait une magnifique femme aux cheveux soyeux et sombres et aux grands yeux marron. Elle posait avec plusieurs de ses collègues, tous affublés de blouses blanches.

Arrachant la photo du mur, Papa Aguiel éclata de rire. Il retourna la photo et découvrit le nom de la jeune femme noté au dos par quelqu'un qui avait une écriture fleurie.

« Docteur Serafina Khouri », lit-il à haute voix. « Je n'aurais pas pu rêver plus belle proie. »

Il rangea la photo dans la poche de son pyjama d'emprunt et se dirigea vers la porte. Il n'était plus l'heure de dormir.

Papa Aguiel avait un monde à conquérir.

CHAPITRE 12

Un mois plus tard

Aeric entra dans la bibliothèque de son appartement et jeta sa veste et ses armes sur un fauteuil. Il s'imaginait que Mère Marie et Cassie seraient là, en train d'entraîner Alice. Sorts de mémoire, antisèches lui rappelant toutes les informations concernant les gens qu'elle connaissait – Alice, de bonne grâce, avait travaillé d'arrache-pied pour retrouver tous ses souvenirs perdus.

Aeric souffrait à chaque fois qu'il lui parlait. Une simple plaisanterie ou une référence personnelle, ou même un regard amoureux, pouvait faire culpabiliser Alice. Il la regardait pourtant de plus en plus, parce qu'il n'avait pu l'enlacer et l'emmener dans son lit depuis beaucoup trop longtemps. Il restait un étranger à ses yeux, séduisant et charmant, mais un étranger malgré tout.

Cela lui arrachait le cœur, à chaque fois.

« Alice », appela-t-il.

Elle se tenait devant la fenêtre, vêtue d'une robe de soie noire, très échancrée dans le dos, qui moulait chaque centimètre carré de sa peau. Ses longs cheveux noirs étaient ramenés au-dessus de sa nuque dans une coiffure élégante, mettant en valeur son cou nu. Elle se retourna en entendant sa voix. Il y avait quelque chose de différent dans sa façon de le regarder...

« Alice ? » demanda-t-il en se jetant sur elle. .

« Je t'attendais », dit-elle, une lueur dans ses beaux yeux noisette. « Mère Marie et moi avons beaucoup travaillé aujourd'hui et... Eh bien, disons que je sais tenir mes promesses. Je t'avais dit que je te retrouverais, non ? »

Avec qu'il ne la comprenne vraiment, les bras d'Aeric avaient déjà enlacé Alice.

« Tu te souviens ? » demanda-t-il en fixant ses yeux. À la recherche de réponses.

« Un petit sort, un peu de divination », dit-elle en claquant des doigts. « Tout s'est remis en place. Je commençais à user le sol à force de faire les cent pas, j'attendais que tu rentres de ta patrouille... »

Les lèvres d'Aeric se posèrent sur celle d'Alice, qui gémit de surprise et de plaisir. Il la souleva par la taille et la reposa sur la table en chêne, dégageant stylos et document d'un mouvement de la main. Il l'embrassa fougueusement, ses doigts lui arrachèrent sa robe, ils étaient pressés de se débarrasser de tout ce qui les séparait.

Alice n'était pas en reste. Elle lui défit sa ceinture, lui enleva son pantalon et déchira le col de son t-shirt en le déshabillant. En quelques secondes, ils se retrouvèrent nus et haletants, Alice gémissait et lui murmurait des mots d'encouragement à l'oreille, l'incitant à chaque seconde. Quelques battements de cœur et il était déjà en elle, râlant en sentant la chaleur du corps d'Alice, sa façon de lui griffer les côtes, de mordre sa lèvre pour étouffer ses cris de passion.

« Ouvre les yeux, Alice », murmura Aeric. Elle lui révéla à nouveau ses merveilleux yeux noisette qui le brûlaient. « Putain, je ne vais pas tenir. Tu es trop... »

Alice se crispa autour de lui, enthousiaste. Aeric passa sa main dans ses cheveux et la fit se pencher en arrière pour mieux la prendre encore et encore, jusqu'au fond de son âme. Le corps d'Alice trembla et se serra contre lui quand elle jouit en poussant un cri sauvage et en plantant ses ongles dans le cou de son compagnon.

« Aeric », gémit-elle et il en mourait. Il en mourait de bonheur.

Il cria le nom d'Alice au creux de son cou en jouissant, agrippant son corps, la serrant aussi fort qu'il le pouvait. Il voulut sentir ses lèvres à nouveau, il l'embrassa, incapable de reprendre son souffle. Tout ça, tout ça lui avait manqué... pas juste le sexe, mais cette connexion intense qu'il éprouvait avec sa compagne.

C'était enivrant.

Se libérant finalement de son étreinte, Aeric souleva Alice et l'emmena directement dans leur chambre. Il l'allongea sur le lit et ils se blottirent tous deux sous un édredon doux et chaud. Ils restèrent collés l'un à l'autre. Aucun d'entre eux ne disait le moindre mot, ils s'enlaçaient, s'embrassaient et soupiraient d'une forme de joie qu'Aeric n'avait jamais connue.

« Tu pleures », dit Alice après un long moment, le regardant en riant, les larmes aux yeux.

« C'est toi qui as commencé », plaisanta Aeric avant de devenir sérieux. « Je pensais... je pensais t'avoir perdue. Je pensais que je n'aurais jamais plus que... »

Sa voix se brisa et il secoua la tête.

« Je ne pensais pas que les dragons pleuraient », le taquina Alice en prenant sa main.

« Je ne suis plus un dragon », dit lentement Aeric. L'espace d'un instant, il se dit qu'elle ne se rappelait peut-être pas qu'il avait sacrifié son dragon pour la sauver.

« Tu n'as peut-être plus tes ailes ni tes écailles », dit Alice, en retroussant le nez et en lui tapotant le torse, juste au niveau du cœur. « Mais à l'intérieur ? Rien ne pourra changer ça et tu resteras toujours un dragon. »

Aeric ne trouvait rien à répondre à cela. Retrouver Alice et l'entendre lui parler si tendrement... C'était presque trop pour son cœur endolori, dragon ou pas.

« Je t'ai fait une promesse, je t'ai promis de toujours revenir vers toi. Ce pacte, il nous définit pour toujours », dit Alice, en posant sa joue contre le torse d'Aeric. Ses doigts dessinaient de doux cercles sur la peau de son compagnon et il se dit qu'elle traçait les lettres de ce pacte dans sa chair, encore et encore.

« Pour toujours ? » demanda-t-il, un sourire aux lèvres.

« Pour l'éternité », affirma Alice, en se collant plus près.

« Pour l'éternité. Rien ne pourrait être plus doux à mes oreilles. »

Aeric se détendit, heureux pour la première de son existence. Ces quelques mots étaient gravés pour toujours dans son cœur, tout comme Alice.

BULLETIN FRANÇAISE

REJOIGNEZ MA LISTE DE CONTACTS POUR ÊTRE DANS LES PREMIERS A CONNAÎTRE LES NOUVELLES SORTIES, OBTENIR DES TARIFS PREFERENTIELS ET DES EXTRAITS

https://kaylagabriel.com/bulletin-francais/

À PROPOS DE L'AUTEUR

Kayla Gabriel vit dans la nature sauvage du Minnesota où elle jure apercevoir des métamorphes dans les bois qui bordent son jardin. Ce qu'elle aime le plus dans la vie, ce sont les mini marshmallows, le café et les gens qui se servent de leurs clignotants.

Contactez Kayla par
e-mail: kaylagabrielauthor@gmail.com et assurez-vous de vous procurer son livre GRATUIT :
https://kaylagabriel.com/bulletin-francais/
http://kaylagabriel.com

www.ingramcontent.com/pod-product-compliance
Lightning Source LLC
LaVergne TN
LVHW011836060526
838200LV00053B/4047